Graça Coutinho

AS CUTÍCULAS DO PODER

VERMELHO MARINHO

1ª edição - 2021

Editor-chefe:
Tomaz Adour

Revisão:
Equipe Vermelho Marinho

Ilustração de capa:
pixabay.com.br

Diagramação e Capa:
Marcelo Amado

EDIÇÃO EXCLUSIVA

Texto revisado segundo o novo Acordo Ortográfico da Língua Portuguesa.

Coutinho, Graça
As Cutículas do Poder / Graça Coutinho -- Rio de Janeiro: Vermelho Marinho, 2021.
208 p. 14 x 21cm
ISBN: 978-85-8265-255-8

1. Ficção Brasileira. I. Título
CDD B869.3

VERMELHO MARINHO

EDITORA VERMELHO MARINHO USINA DE LETRAS LTDA
Rio de Janeiro – Departamento Editorial:
Avenida Gilka Machado, 315 – bloco 2 – casa 6
Recreio dos Bandeirantes – Rio de Janeiro – RJ
CEP: 22795-570
www.editoravermelhomarinho.com.br

"O passado é lenha calcinada. O futuro é o tempo que nos resta: finito, porém incerto."

Cícero.

PARTE III: FONTES E PISTAS

PARTE IV: TRAMAS E TRAMOIAS

Agradeço à vida por me permitir escrever.

Agradeço à vida pelas filhas e netas com que fui abençoada.

Agradeço à vida pelo meu eterno companheiro.

Agradeço à vida por meus amigos de todo o sempre.

Agradeço à vida pelas minhas origens, baiana, portuguesa, holandesa e africana.

E agradeço a Deus por tudo!

Dedico este livro a minhas filhas Micaela e Georgiana e a Fred, meu eterno companheiro.

Conhecendo Graça há muito muito tempo, tendo sido, inclusive, fotógrafa de seu casamento e, mais tarde, de suas bodas de prata, não deveria ter me surpreendido ao descobri-la escritora. Isso porque, desde há muito, Graça se dedica a uma variedade intrigante de atividades culturais e gêneros artísticos. Só para sabermos melhor quem é a autora desse novo livro policial, arrisco um pequeno curriculum.

Graça estudou biblioteconomia, talvez por precaução. É importante lembrar que a autora viveu sua infância e adolescência atravessando e convivendo com uma das maiores bibliotecas particulares do país, numa casa na Ipanema dos bons tempos.

Não contente, fez - graduação em documentação científica. Ainda não contente, fez outra pós-graduação internacional, agora em gestão e conservação de bens culturais. Mas ainda não bastava: era importante controlar com perícia o destino de enfrentar bibliotecas e acervos. Foi assim que se inscreveu na FGV e fez mais um mestrado neste campo dos bens culturais, já tão percorrido por ela.

Missão concluída, tornou-se chefe de gabinete da Biblioteca Nacional. Em direção similar, chefia a pesquisa da *Enciclopédia de Literatura Brasileira* de Afrânio Coutinho, talvez a melhor obra de referência sobre nossa literatura de que dispomos. Temos, assim, a aposta numa brilhante carreira de pesquisa e gestão. Mas não foi o que aconteceu.

Numa guinada inesperada, Graça se pergunta sobre como falar de suas inquietações, desejos e experiências. Certamente não seria seguindo em frente, disciplinada e focada, na área que tanto conhece. É aí que nasce uma Graça artista. Começa talhando e conversando com a pedra, o mármore, o barro. Se expressa através de esculturas belas, fortes, angulares. Obra que ganha prêmios e exposições internacionais.

Fiquei um tempo sem vê-la. Por terceiros, soube que tinha virado restauradora. Achei interessante e pensei: Graça está cruzando seus eixos mais queridos: arte, gestão, conservação e ainda alguns outros mais silenciosos. E arrisquei: ela se encontrou. Me assosseguei.

Não é que essa semana me aparece Graça Coutinho com um original de romance policial, dois livros já publicados e um outro editorado por ela? O primeiro, um romance, intitulado *Ser Zen*. O outro, um livro de contos infanto-juvenis, o *Amor Por Natureza*, o último, aquele que organizou com receitas de Risoleta Góes.

Por esta eu não esperava. Agora ela invade minha área também? Meio descrente, peguei os originais para ler mais tarde. Entretanto, me bateu alguma curiosidade. Abri o caderno espiralado e dei uma espiada no texto. Li o livro num jato só. Era o que eu menos poderia imaginar: um livro policial (!), irônico, às vezes histriônico, crítico sempre. O livro conta com várias combinações entre o humor e o suspense, a investigação de uma quadrilha que praticava contrabando de cabelo, venda de órgãos e tráfico de mulheres. Uma história imbricada no panorama da alta sociedade falida, da religiosidade criminosa de fachada, do crime internacional organizado. A surpresa: uma manicure, com o acesso que seu ofício permite ao mundo dos ricos, transforma-se num canal de informação, ágil e confiável, para o desvendamento da trama. Confesso que Graça, escrevendo um livro policial, me pegou. Foi inesperado. Mas admito também que introduzir uma manicure, como agente central de um romance sobre uma máfia, só podia ter sido por Graça Coutinho. Graça, essa intelectual múltipla, talentosa e imprevisível.

Heloisa Buarque de Hollanda

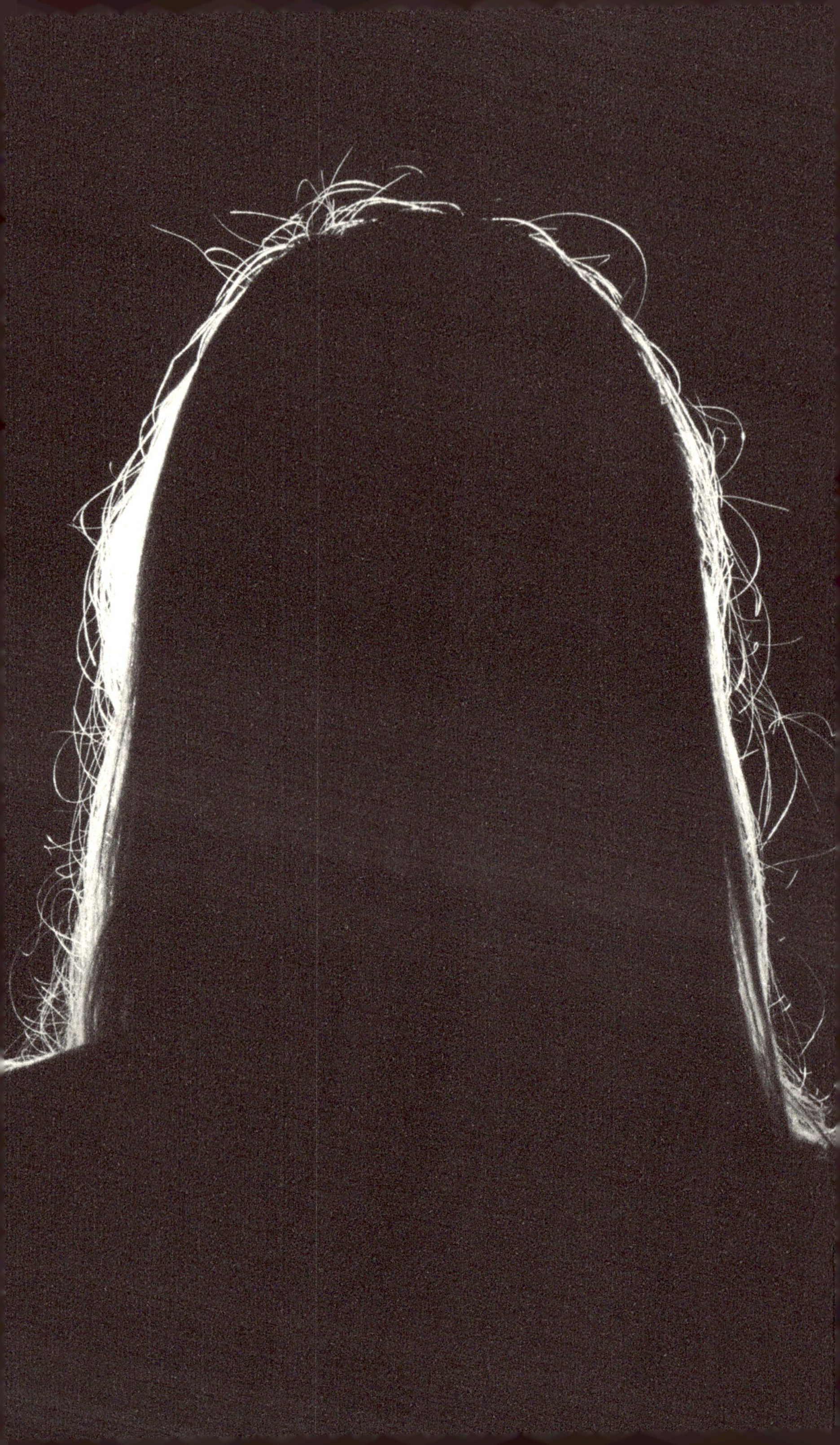

PARTE I

O LIVRO NO LIVRO

#surpresa

É dia do lançamento do livro *"As Cutículas do poder"*, que se tornou um *best-seller* escrito pelo jornalista Ismael Fernandes.

Na primeira página do livro está escrito:

"Dedico este livro a Deuza Maria, meu anjo da guarda"

Deuza está diante do armário em desespero. Não sabe que roupa vestir! Tem um grande motivo para se arrumar da melhor maneira possível. Se fosse para dançar flamenco, saberia rapidinho o que usar. Mantinha este hábito para não se desvincular de suas origens ciganas. Como não costuma ir a lugares badalados, só tem roupa de trabalho e algumas peças doadas por suas clientes. Mas, neste dia especial, em que provavelmente estarão presentes quase todas elas, não quer ser vista com a roupa doada.

A campainha toca na edícula da casa de Senhor Fernandes, onde Deuza mora. Ela corre para abrir, um pouco agoniada por estar atrasada para o grande acontecimento. Recebe um embrulho em seu nome.

— Moço, eu não comprei nada! Por que esta entrega agora? — retruca aflita.

— Não sei do que se trata, Senhora! Preciso que assine o recebimento. O meu serviço é entregar para a pessoa certa no endereço certo — fala decidido o motoboy.

— Ai, Meu Deus! Essa agora! — exclama Deuza, indignada.

Percebe, no embrulho, um cartão em seu nome — indecisa, resolve ler.

"Cara Deuza Maria

Receba, por gentileza, este presente.

É dado de todo coração, sem segundas intenções.

Vista-se e venha logo porque os convidados estão prestes a chegar."

ASS.: Ismael Fernandes

Deuza abre o pacote e lá está um traje completo. Do vestido ao sapato, incluindo um pequeno adorno para a cabeça, porque ele sabe que ela admira estes enfeites.

Fica boquiaberta!

—Quer saber? Por que não eu?

A manicure, que vai de casa em casa fazendo as unhas das damas da sociedade, é agora homenageada, em grande estilo, pelo famoso jornalista Ismael Fernandes em seu *best-seller*. Ele usa a seguinte epígrafe:

"Há mais coisa entre o céu e a terra do que sonha nossa vã filosofia"

(William Shakespeare)

#lançamento

Ismael Fernandes está sentado autografando em uma mesa antiga de jacarandá. O salão da livraria está repleto de gente. Jornalistas, fotógrafos, damas da sociedade, ex-alunos e amigos de longa data do autor, as freguesas de Deuza, o filho, Miguel, e a nora, Sonia Mary. Todos o saúdam entusiasmados com o livro e com a coragem de revelar o que ali vai escrito. Fazem questão de abraçar Deuza, que permanece ao lado do autor, chiquérrima com sua roupa de *griffe*.

As socialites Ângela Lopes Corisco, Victoria Bleu Blue, Maria Beatriz dos Raios, além de outras clientes de Deuza, não param de fofocar.

Ângela Lopes Corisco, gorducha, gulosa, apertada em um vestido de malha brilhante, segura um guardanapo com muitos salgadinhos na mão e comenta.

— Olhem só para Deuza, ali juntinho do jornalista! Está com uma roupa... pera aí! Este vestido dela é da *Lady's & Lady's*. É exclusivo! Como ela pôde comprar? São caríssimos! Eu experimentei! Mas ficou um pouco apertadinho na cintura e curto para mim. Eu ganhei uns quilinhos a mais esses dias. Já até marquei o SPA da Juventude. Eles me recebem muito bem lá.

E se cala apreensiva, com receio de que suas palavras a denunciem.

— Nas vendas que ela faz, nunca nos mostrou esses vestidos. Será que são do Lady's off, ponta de estoque ou brechó? — comenta Victoria Bleu Blue.

Maria Beatriz, como sempre, está marianamente vestida de azul e branco e com seu inseparável terço que dá volta nos dedos. Suas expressões são sempre religiosas. Com o livro na mão, horrorizada, lê o título e comenta:

— *"As cutículas do poder,"* de Ismael Fernandes!

Abre e lê a dedicatória impressa dirigida a Deuza!

— Que confusão! Que bagunça nos metemos! Que os anjos me clareiem as ideias! Que Nossa Senhora do Ó tenha um bom parto e me proteja! Que o Menino Jesus de Praga me abençoe! Que a luz divina me ilumine! Que pecado! — disfarça e dá um gole em sua inseparável garrafinha de whisky.

Ângela Lopes Corisco interrompe aflita.

— Eu ainda tinha um envolvimento com um tal de Seu Arquimedes, mas comecei a achar ele muito ansioso e cortei. Ele me sugeria umas coisas estranhas e sempre me pressionava quando as encomendas da Cida demoravam a chegar. Mas nunca poderia imaginar a lama em que estava envolvida! Banho de lama já tomei muitos no SPA, mas não nesta situação em que estamos metidas...

Victoria Bleu Blue, vaidosíssima, magérrima, pernóstica, sofisticada e muito crítica, com o celular em *selfie* como se fosse um pequeno espelho, se mirando e ajeitando o batom, fala disfarçando:

— Era só o que me faltava, meu nome enxovalhado na boca do povo! Quem poderia imaginar, hein? Ainda bem que posso ter duas nacionalidades ao mesmo tempo, inglesa ou francesa, conforme a conveniência: Victoria Bleu ou Victoria Blue.

— O nosso, não é querida? O nosso nome! Que a justiça divina seja feita! — comenta Maria Beatriz sacolejando o terço. Confesso que sinto falta da Cida. Do Ricardito, nem se fala. Se estivessem aqui, com certeza, seriam apedrejados!

— A Cida, ou melhor, Maria Aparecida Matta Meirelles usou todas nós, mas também nos recompensava com um percentual das doações. Confesso que vai fazer muita falta! Mas que ela iria adorar este badalo, isso iria! — comenta Lopes Corisco.

— Mas ninguém pode provar nosso envolvimento em nada, porque nós íamos lá para rezar o Terço da Graça Divina às terças, tomar nosso lanchinho e colocar as novidades em dia. Eu não sabia de nada!

— Nem eu! — respondem todas ao mesmo tempo!

Arcanja, outra frequentadora da turma, que conseguiu entrar para as reuniões do Terço da Graça Divina, depois de duras penas, se aproxima de Deuza, usando joias carérrimas e exageradamente vestida.

— Isso é que é contravenção! É aí que o bicho pega! Eu ainda botei grana nesta bandalha! —sussurra Arcanja.

— Pois é, Dona Arcanja, ainda bem que foi a senhora que insistiu em frequentar a reza do Terço da Graça Divina das terças, na casa de Dona Cida.

— Ah, Deuza... Você acha que Arcanja Leão Cordeiro da Villa se arrepende do que faz? Adorei frequentar a *society* e poder estar por dentro dessa bandalha dos bacanas. Você conseguiu me enturmar!

— A senhora é demais, Dona Arcanja! — Deuza rindo.

— O Ismael Fernandez mandou muito bem escrevendo este livro. Só assim, para todos conhecerem melhor esta máfia — comenta sarcástica Arcanja e Deuza complementa.

— Dizem que fazem caridade e se aproveitam da boa vontade das pessoas mas, na verdade, a usam para a criminalidade. Chocante!

"Deuza vinha de uma vida simples e havia um grande contraste entre ela e o grupo social para quem prestava serviço. Deparava-se, em seu dia a dia, com preconceito, discriminação, situações de injustiça e humilhação. Fiquei interessado em me aprofundar neste mundo fútil, onde eu sentia existir algo mais, além da hipocrisia."

Trecho do livro de Ismael Fernandes.

#manicure

Entretida em suas memórias, Deuza olha os galhos e folhas das árvores que rodeiam sua atual moradia, balançando embriagadas pelo vento, modificando a cada instante a paisagem. Ora abrindo clareiras, revelando o que está escondido, ora enclausurando verdades. Assim tem sido sua vida.

Seus pensamentos a levam para a pequena cidade de interior, de onde saiu muito jovem e despreparada para a vida.

Quando a mãe faleceu, ela tinha apenas nove anos e foi entregue pelo pai à velha cigana sedentária Mãe Maria, como a chamavam, que a criou como filha. O pai, cigano, homem moreno de barba cerrada e vasta cabeleira, com seus inseparáveis anéis em vários dedos, se soltou no mundo e desapareceu. Seu lema era viajar sem rumo certo e se deparar com outras culturas e povos, aprimorando seu conhecimento de magia, que afirmava ter origem em muitos pontos do planeta.

Lembrou-se do seu vestido de casamento costurado e bordado pela madrinha, que reuniu todos os centavos para dar-lhe o que podia de melhor. Deuza casou-se muito cedo. Conheceu o rapaz na escola onde estudava. Namoraram, noivaram e casaram, como Mãe Maria queria. Viveram felizes durante dois anos e tiveram um menino. Mas a felicidade durou pouco.

Era um dia chuvoso. Seu marido saiu cedo para trabalhar como fazia todos os dias. Um carro desgovernado derrapou e espremeu José mortalmente contra o muro, a dois passos da casa onde moravam. Foi um grande trauma para Deuza, que custou a superá-lo.

Amamentou o bebê enquanto pôde e, sem dinheiro para mantê-lo, deixou a criança com a madrinha, Mãe Maria, indo em busca de emprego na cidade grande, Belo Horizonte. Chegou assustada, mas tinha como referência uma família onde Mãe Maria havia trabalhado durante algum tempo, a fazenda do senhor Heitor de Albuquerque. Este senhor deixou a fazenda de herança para a sobrinha, Maria Aparecida, casada com Alex Matta Meirelles, pois não tinha herdeiros diretos. Já muito idoso, a fazenda antes lucrativa, estava praticamente falida. Era localizada em Barbacena, cujo estilo era colonial brasileiro.

A casa da cidade, localizada em bairro nobre de Belo Horizonte, era bem grande e tinha uma arquitetura eclética, balaustrada na platibanda e cornijas acima das janelas, varandas laterais, portões e gradis de ferro. Começou como babá do menino Ricardo Augusto, o Ricardito. Dedicou-se a ele com amor de mãe, como se ele fosse o seu filho. Gostava de trabalhar lá, pois era muito bem tratada por todos. Um ambiente saudável.

Percebeu, com o tempo, que, embora gostasse do trabalho, precisava conhecer outros ofícios. Matriculou-se em um curso de manicure e em seguida de calista. Quando Ricardito cresceu, ajudada por Dona Cida, já estava com uma boa clientela. Tornara-se profissional. Nas horas vagas servia jantares no ciclo de amizades de sua protetora. Fez ainda um breve curso de arquivista e de cuidadora de idosos. Apesar de atarefada, nunca abandonou os encontros de dança flamenca.

Deuza tem uma peculiaridade, reminiscências de sua origem cigana. Adora um adorno na cabeça: flores, fitas, arcos ou chapéus. Em cada festejo anual ela se adapta rapidamente, incorporando um figurino, um adorno ou um acessório. No Natal usa chapéu de Papai Noel, na Páscoa umas orelhinhas de coelho presas em um arco. No São João, roupas de xadrez, um lenço no pescoço ou uma saia estampada mais rodada, e um chapeuzinho de palha.

Outro aspecto de sua personalidade alegre e criativa é sugerir às suas clientes o tom do esmalte adequado, dependendo do que apreende da energia de cada uma delas, pois a cor do esmalte aplicado pode demonstrar o estado sentimental e emocional das mesmas.

Deuza é sensível às entrelinhas da vida e seu olhar penetrante consegue captar a alma humana. Quando quer, ouve pensamentos dos outros e, sobretudo, lê as unhas que funcionam como um espelho da personalidade de cada um. Enxerga os traços da individualidade, caráter e atitudes de suas clientes. Por meio deste dom, descortina mistérios.

O formato das unhas não se modifica com a idade. A leitura de Deuza se dá a partir da observação do mesmo, que pode se apresentar de diferentes maneiras: pontudo, arredondado, quadrado, estreito ou largo, além da tonalidade e da textura.

Herdou este dom do ramo paterno. Assistia a avó iniciando as ciganas jovens e, por isto, seu fascínio pelas unhas. Ouvia o eco da voz experiente:

— "Não se esqueçam! As pontas dos dedos representam uma zona muito sensível."

Filha e neta de ciganos, demorou a aceitar esta aptidão, mas compreendeu que não podia negá-la, apesar de se assustar com resultados da leitura e não ter permissão para interferir. Aprendeu, assim, a controlá-la e usá-la na hora certa.

A avó complementava:

"Unhas pontudas indicam que a pessoa é caprichosa, curiosa e tagarela; unhas grandes quadradas ou retangulares com a tonalidade rosa claro são indicativos de pessoas tranquilas que emanam paz, decididas e inteligentes; grandes quadradas e rosa forte revelam energia; pequenas e quadradas são sinal de espírito de liderança; lilases ou arroxeadas detonam fragilidade; as curvas como de águia são de bom presságio, mas depende da cor; esbranquiçadas ou pálidas, demonstram cinismo e desrespeito."

A mãe, em sua vida nômade, sempre dava um jeito de armar uma banca e fazer algumas comidinhas diferentes para vender. Aproveitava também para fazer previsões e aconselhar aos que dela se aproximavam. Ainda que não fosse cigana de origem, aprendera os segredos da quiromancia com a sogra. Deuza segue os caminhos da mãe falecida prematuramente, aperfeiçoando-se na culinária, principalmente em doces e salgados.

Seu pão é um sucesso entre suas clientes, pois é o símbolo da vida, da harmonia e da amizade e é sempre feito nos momentos de comemoração. Em seu preparo demorado, é importante canalizar os bons fluidos. A fermentação é natural, sem uso de produtos químicos, como se fazia desde tempos remotos. Quando sente energias pesadas, concentra-se na feitura do pão, que a acalma, pois descarrega no ar os resíduos tóxicos e a coloca em um nível energético superior.

Ismael Fernandes não vivia sem ele. Quando sabia que ela faria, já dizia!

— Não se esqueça do meu, Deuza!

— E o Senhor não se esqueça de cortá-lo com as mãos. O pão cigano não pode ser cortado com faca. Este é um preceito tão velho quanto a lembrança pode atingir!

Deuza foi doutrinada para considerar a culinária familiar um ato muito especial. Por meio do alimento, acreditava poder encantar e conquistar as pessoas. Em suas receitas não dispensa as especiarias como: cravo, canela, louro, manjericão, gengibre e tomilho. Em outras, as frutas cítricas ou as secas, como nozes, amêndoas, tâmaras, damascos, pera, uva, maça e ameixas. Além do vinho e do mel em certas ocasiões.

Muitos destes temperos e outros ingredientes naturais também são usados com propósitos medicinais. São os segredos da cura e as poções mágicas, as infusões, tinturas e unguentos que Mãe Maria usava em sua alquimia para ajudar os necessitados.

Ela sempre chamava Deuza para ajudá-la e dizia:

— "São conhecimentos ancestrais que você deve manter e, se possível, passar para quem você confia. Não se esqueça, minha filha! As poções de alecrim e hortelã para combater tosses e febres; as infusões de folhas de frutas para aplacar as dores do parto; pó de alho para purificar o sangue; óleo de rosas para restaurar a mente do esquecimento que acomete os velhinhos; óleo de lavanda para tratar de cicatrizes e queimaduras; confrei para cicatrizar feridas e em compressas ajuda na consolidação de fraturas ósseas."

Deuza perguntava intrigada:

— Mas... Mãe Maria... funciona mesmo?

— Deuza! Você tem que acreditar e ter fé. A natureza é sábia e o que vem dela é pura magia. Quando uma poção não funciona, a gente experimenta outra e assim vai.

— Mas na medicina eles sabem direitinho o que medicar! — desafia Deuza.

— Não Senhora! Na medicina é a mesma coisa. Quando não produz o efeito necessário, troca-se o antibiótico, o xarope, o remédio. Meta uma coisa na sua cabecinha! O conhecimento não pode se tornar desconhecido. Temos a obrigação de repassá-lo. No dito popular: *"religião e ciência não devem se misturar, pois a primeira é voltada para a fé e a segunda, para a razão."*

Deuza viveu neste ambiente de magia e alquimia e seus sentidos se tornaram muito aguçados como cheiros, sabores, sons, visões. Ela desenvolveu uma percepção aguda. Tem habilidade para ler pensamentos e acredita que toda magia envia sinais que funcionam como um elo entre sua espiritualidade e os preceitos ciganos.

Focada no trabalho e bastante organizada com suas finanças, consegue dar ao filho uma ótima formação, ajudando-o nos estudos formais e complementares e ainda enviar dinheiro para casa, além de sempre visitar o menino e a madrinha nas férias que se força a tirar duas vezes por ano.

#jornalista

O jornalista Ismael Fernandes, homem liberal e progressista, atento aos direitos humanos, conquistou uma posição profissional de grande respeito. Suas investigações minuciosas e imparciais o levaram a se tornar um repórter investigativo, aprofundando-se em matérias relacionadas ao crime organizado e à corrupção. Espírito aguçado e curioso, pagou caro, ficando paraplégico.

Em uma de suas empreitadas, neste universo de risco extremo, sofre um atentado, é baleado e sequestrado pelos bandidos. Retido durante um mês, foi operado clandestinamente, para retirar a bala que se alojara próxima à coluna vertebral, atingindo a medula. Ficou paraplégico. Era uma importante presa, pois a máfia do narcotráfico precisava dele para trocá-lo pelo seu chefe, capturado na última emboscada. Depois de muita negociação, o Senhor Ismael Fernandes é então libertado e leva de brinde uma cadeira de rodas doada por seus algozes.

Passa a trabalhar em casa e, nas férias de seu ajudante, Deuza passa a fazer as vezes de sua cuidadora temporária, tarefa esta que se estende por um longo período.

Quando se deu o ocorrido com Senhor Fernandes, Deuza dividia um pequeno apartamento com uma amiga que precisou voltar para a cidade natal, pois a mãe teve um derrame e necessitou de ajuda. Diante do imprevisto, ficou com dificuldades para manter o apartamento sozinha.

Passado um tempo, trabalhando com o jornalista e morando em sua casa, ele que se agradara do seu jeito competente e dedicado, sabedor da dificuldade que ela vinha enfrentando, sugere que ela se mude para lá. Afinal, a casa é espaçosa e ele mora sozinho depois da viuvez. Seria, portanto, uma boa companhia. Como ela não se sente bem com a proposta, ele sugere que ela alugue a edícula do jardim e combinam um aluguel simbólico. A edícula é um sonho! É constituída de um ótimo quarto, com uma pequena sala, banheiro e quitinete. Ele permite ainda que o filho dela venha visitá-la e passe alguns finais de semana.

Ismael Fernandes é um homem de estatura mediana, de cabelos fartos e alourados, bigode grosso e olhar penetrante. Passa grande parte do dia sentado em sua mesa de trabalho, escrevendo. Deuza o ajuda em tudo que pode.

O viúvo, que havia perdido as esperanças de retomar sua vida depois do infortúnio, retorna aos seus escritos e escreve o que viria a ser um *best-seller, "As cutículas do poder"*. O livro se desenvolve a partir de suas conversas com Deuza, que, antenada e observadora, reproduzia-lhe o comportamento dos frequentadores do *grand monde.*

Hábil e perspicaz, o jornalista, acostumado a desvendar tramoias, descobre uma grande fraude e depois de denunciar à Polícia internacional, escreve o livro que lança com enorme sucesso. Devido a sua condição, impossibilitado de se locomover, conta com o apoio e investigação do seu ex-parceiro, o detetive José Gonzaga, conhecido como detetive Lambreta, por causa de sua Vespa Piaggio PX200, datada de 1986.

O Detetive José Gonzaga Lambreta fala seis idiomas e tem uma facilidade enorme para se comunicar em qualquer um deles. Sempre lutou com veemência pelos direitos humanos. Possui treinamento em linguagem corporal e leitura labial. Especializou-se em decifrar códigos transmitidos por espiões ou traficantes. Sua tática era eliminar adjetivos e advérbios, ler de trás para frente, cortar todos os artigos ou todas as palavras, deixando apenas os artigos, contar sílabas e decifrar o correspondente a números no alfabeto, fazer raiz quadrada e regra de três, enfim uma infinidade de técnicas e cálculos até chegar à mensagem realmente transmitida. A técnica lhe foi passada por um capitão da força aérea americana.

Era infalível!

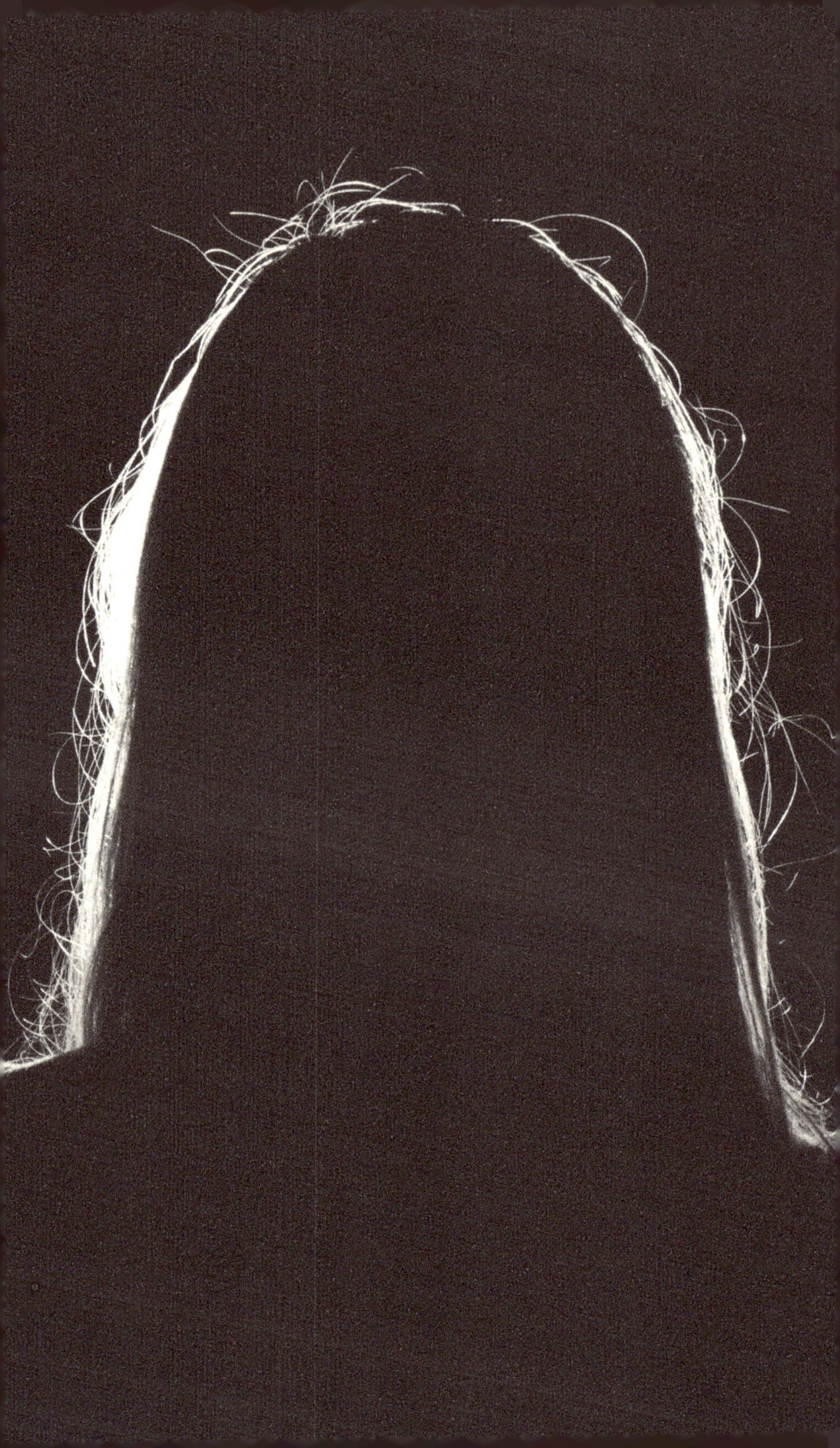

PARTE II
DE CASA EM CASA

#casajornalista

Volto para a edícula depois de um dia cansativo de trabalho. Deito-me cansada, mas o sono não vem, apesar da cama macia e do conforto da moradia. Penso no Senhor Ismael Fernandes e recordo-me do tempo em que estava com dificuldades e que ele me acolheu de verdade. Curioso, sempre perguntava como havia sido meu dia e eu narrava com detalhes os acontecimentos. Como frequentava a casa de muita dondoca, tinha sempre ótimos casos para contar. Chegava à casa sempre com muitas novidades. A curiosidade do jornalista despertava em mim o olhar observador e assim transmitia-lhe detalhes do que via. Confesso que floreava para ficar mais interessante ainda. Nunca imaginei que aquelas histórias chegariam a se tornar públicas e tampouco que estaria frequentando um ambiente de trapaça, de onde se desvendaria um arquivo secreto de uma grande quadrilha.

Ele me cravejava de perguntas. Como elas eram, como se vestiam, como se comportavam, o que comiam, se eram só mulheres, quais os assuntos mais frequentes.

— Como é essa história de Terço da Graça Divina, Deuza? — pergunta-lhe Ismael Fernandes.

— Elas se reúnem e rezam — Deuza responde, incrédula.

— E fazem isso sempre?

— Ave Maria! Toda terça-feira!

— Mas só rezam?

— Que nada! Elas rezam, comem, intrigam, organizam festas de caridade, reuniões, leilões, shows, carreatas, tudo para arrancar dinheiro dos outros em nome da fé e de Deus!

— Quem oferece o Terço é sempre a mesma pessoa?

— É sempre a Dona Cida. Ai de quem se aventurar a tirar da casa dela. Nossa!

— E as frequentadoras? São sempre as mesmas?

— São. Às vezes tem as irmãs da Dona Cida. A família é muito grande. Mas as irmãs só frequentam quando a mãe vem lá da terra dela para visitá-las. A vinda delas está ficando cada vez mais escassa. Todas têm muitos afazeres!

— É um grupo fechado?

— Muito fechado! Para entrar é complicado: quem não é da turma e tenta se chegar, entra logo na berlinda. Um horror! Tem também o Padre Dominguez.

— Padre Dominguez? Mas como surgiu esse padre?

— Ah, não sei não. Só sei que é um padre cucaracho, jovem e bonitão! Ih! Elas ficam doidinhas quando ele chega, falam sem parar! Ficam excitadíssimas! Deus me livre! Mas o tal do Padre Dominguez "é o maior bofe", como diz um cabeleireiro amigo meu. Foi ele que chegou às pressas, não sei bem de onde, para substituir o Padre Onofre quando adoeceu. Padre Onofre já estava um caco! Não lembrava mais de nada. Confundia o nome delas. Já tinha derrubado o fichário.

— Que fichário? — pergunta Ismael.

— O fichário da memória!

Ismael cai na gargalhada e pergunta ainda rindo.

— Mas elas rezam de verdade?

Ele se diverte perguntando detalhes da reunião de Senhoras.

— Rezam! A reza não acaba nunca! Dona Cida tem até calo no dedo!

— E no joelho não tem calo?

— Lá só a massagista que sabe, por que eu cuido só das mãos e dos pés, mas vou dar uma olhadinha. É capaz de ter, por que confessa demais. Mas o terço é que é o barato delas. Entram em transe!

— E as confissões? Onde ocorrem? Elas confessam em grupo? — pergunta o jornalista, ironizando.

— Não, Senhor Fernandes, elas vão lá para capelinha. Lá nos fundos da mansão. É lá que o Padre Dominguez passa longas horas. Prepara as liturgias do dia, a bênção é no domingo. Acho que ele é quem mais conhece a vida dessas granfinas. Deve conhecer cada coisa cabeluda!

— Bota cabeluda nisso! — fala rindo o jornalista. — E o marido da Dona Cida também é muito religioso?

Deuza fala, consertando o arranjo dos cabelos.

— O finado Dr. Alex Matta Meirelles? Era! Era um senhor muito digno e bastante rico. Era empresário de produtos relacionados ao universo feminino. Vendeu a fazenda, que já estava improdutiva, e perdeu uma boa quantia de dinheiro. Em seguida, sofreu um desastre e quase empacotou, quando tinha uns 50 anos. Era um homem forte e venceu bem esta batalha. Fez muita fisioterapia e recuperou-se. Ele era muito ligado ao antigo vigário. Se tornou muito caridoso e devoto de Madona do Terço. Até a estátua dela em praça pública ele quis colocar.

— Essa história de imagem em praça pública não enche a boca de ninguém! Que caridade é essa? É pura vaidade! Para sair no jornal, virar notícia. Ter popularidade, ser famoso. Isso quando não dura só o tamanho ou tempo da notinha — comenta irritado o Ismael Fernandes. — Mas depois deste piripaque do coração ele ficou ainda mais religioso? Afinal, ele morreu de quê?

— O Senhor não lembra daquele avião particular que caiu no mar e sumiu?

— Ah! O mistério do triângulo das Bermudas! Assim foi chamado o caso nas manchetes dos jornais. Me lembro, me lembro, sim. Eram três pessoas incluindo o piloto, que foi o único vestígio de corpo identificado, junto com destroços do avião. O resto evaporou!

— Pois então! Era o Dr. Matta e o sócio. Dizem que eles arquitetaram tudo juntos e sumiram no mundo. Ele devia milhões! Já o dito sócio era, como dizem, laranja.

— Quando venderam a fazenda, que já receberam falida, ele trouxe o administrador para ajudá-lo em seus negócios. Era pau para toda obra. Tornou-o seu sócio, pois percebeu que o homem tinha boas qualidades, principalmente fidelidade e, sobretudo, ingenuidade e que, desta forma, faria qualquer coisa por ele, em nome do ex-patrão. A dona Cida achou muito estranho! Mas não se metia nas ideias do marido.

Ismael Fernandez logo percebe que sua próxima pesquisa na internet será sobre o desaparecimento de Alex Matta Meirelles.

— Eu estava lá quando tudo aconteceu. A dona Cida ficou desesperada. Depois de muita tristeza e solidão, foi aconselhada pelo vigário a entrar em contato com as pessoas indicadas por Dona Amarylis Bulhões, que estava com uma doença terminal e faleceu logo em seguida. Assim, ela daria continuidade aos encontros semanais do Terço da Graça Divina, todas as terças.

Logo em seguida, Deuza fica sem graça e se contrai.

— Fico constrangida de contar as histórias para o senhor. A Dona Cida, a quem eu devo minha vida aqui na capital, me ajudou muito quando eu cheguei. Me arranjou emprego, me incentivou, me abriu as portas para uma clientela muito fiel.

— Nada sairá daqui sem que você saiba antes — fala sorrindo Ismael.

Ela o olha assustada e ele dá uma gargalhada.

— A Dona Cida conseguiu manter um certo padrão, pois ela havia recebido uma herança da família e soube administrar os recursos. Com a morte do Dr. Alex, ela voltou-se inteiramente para a caridade.... As unhas dela, hum, as unhas dela me intrigam! — comenta pensativa.

— Como é, Deuza? As unhas...?

— Nada não! Coisa minha! O Padre cucaracho está interessado em fazer um anexo à igreja, para as aulas de catecismo e reuniões da congregação. Eu acho que são estas coisas de caixa dois. Não sei se a Dona Cida sabe destas ideias estranhas dele. De vez em quando eu ouço estas propostas mirabolantes.

— A história está ficando quente! Seus relatos me distraem, sabe, Deuza! Fico aqui preso, só saio para uns passeios na cadeira de rodas levado pelo fisioterapeuta, que me bota para me arrastar na areia, me torturando, acho que ele faz parte da gangue que me atacou.

Deuza o olha assustada e fala com olhos arregalados.

— Não, não, ele é um bom sujeito!

Ismael Fernandes ri, caçoando dela.

— Quando você chega e me conta estas coisas, eu fico muito feliz... O que mais ocorre nas reuniões? — pergunta curioso.

— Elas lancham...

— Mas é a Cida quem oferece sempre o lanche?

— É ... É ela sim! Não se comenta nada! É como se fosse a Dona Cida que oferece.

— Ué? É ela ou não é ela?

— Bem, Senhor Fernandes sempre foi ela. Mas agora parece que a coisa apertou e tem um outro esquema. O chofer delas entra pelos fundos com os pratos que cada uma faz em casa, mas uma não pode saber o que a outra trouxe, quer dizer, nem saber que trouxe alguma coisa. Tudo fingimento. Muito esquisita essa gente! Tem que parecer que é Dona Cida quem está oferecendo. Ela determina o que cada uma delas deve levar... É uma comilança danada!

Deuza dá uma parada e, sorrindo, conta uma estorinha.

— Imagine o senhor que um dia a Dona Cida se enrolou e esqueceu de contatá-las. Elas pensaram que neste dia o lanche seria oferecido por Cida e chegaram de mãos vazias. Passaram a tarde a seco! Dona Cida percebeu o furo e, esperta como era, rapidinho resolveu a situação.

Imitando a voz da Cida, Deuza declara:

— Hoje, minhas amigas e companheiras do culto à nossa santinha, faremos um jejum! A intensão é limpar o corpo e consequentemente a alma, a aura e o espírito, para nos aproximarmos de Deus. Desta forma, nosso cérebro terá mais energia para refletirmos sobre nossa espiritualidade.

Na mesma hora, a gulosa Ângela Lopes Corisco que tinha tendência a achaques, só em pensar que não havia comida, sofreu um desmaio.

O jornalista tem um ataque de riso e pergunta intrigado e curioso:

— Mas por que este esquema por debaixo dos panos?

— Sei não, coisa de granfino! Elas são muito chiques, todas cheias de joias. Não sei se falsas ou alugadas. Elas fazem tudo para aparentar mais do que realmente têm. É como dizia a minha avó:

— *"Por cima filó-filó, por baixo, mulambo* só." Eu fico muito intrigada. Fui criada em Colégio Kardecista, minha maneira de pensar é outra. Lutei muito para chegar até aqui.

— Deuza, pessoas como você são raras hoje em dia!

— Imagina que estou com um grande problema, Senhor Fernandes. Uma de minhas clientes, que não faz parte deste ciclo de amizades e que conheci na dança que frequento, quer se enturmar com o grupo do terço. Eu não posso dizer que ela não vai ser aceita, porque vai ficar muito ofendida. Ela não tem nada a ver com elas, mas insiste sempre. É uma boa pessoa, mas pertence a outro nível social. O senhor sabe como são estas coisas. Não sabe?

— Ela tem dinheiro?

— Muito! Acho que mais de que todas elas juntas!

— Faz ela dar uma grande doação que elas abrem as portas na hora.

— Boa ideia! Vou atrás do Padre Dominguez. E tem que ser coisa graúda, grana pesada. Tem que mostrar que tem dinheiro gordo. Padre Dominguez não suporta esmola.

O Padre Dominguez resolve ampliar os negócios e incentiva o terço dos homens. Pede a Cida para fazer o encontro em sua casa. Ela reluta, mas acaba cedendo. Pensa logo que elas podem ficar olhando escondidas pelo visor da porta da cozinha, de onde os empregados controlam os jantares. Quando dá a notícia para as amigas, elas ficam excitadíssimas.

Enquanto desfiam as contas do rosário, os homens se permitem relaxar e com isso se tornam mais leves e mais atenciosos com seus problemas, seja na família, seja no trabalho. Reza-se com um sentido meditativo, como um mantra. As mulheres não devem participar para que os homens não percam a concentração. Desta forma, Padre Dominguez consegue se reunir com alguns de seus companheiros, que depois da reza permanecem no local. Mas o evento não durou muito.

As alcoviteiras chegam apressadas e sorrateiramente na casa para assistirem ao evento às escondidas. Mas é uma tragédia. O visor é pequeno e elas se acotovelam, se empurram, escorregam, derrubam louças, enfim, Cida se enfurece e acaba com tudo.

"Fui pesquisar e, como eu imaginava, havia algo escuso no desaparecimento de Alex Matta Meirelles. Não só em seu trabalho anterior, como também neste sumiço." I.F

"O desaparecimento do empresário no famoso caso do Triângulo das Bermudas levanta suspeitas de que ele tinha um testa-de-ferro, que gerenciava o **pool** *de empresas de exportação e importação, que tem autorização oficial, mas que, na prática, explora e negocia tráfico ilícito.*

Depois de buscas incessantes, o empresário Alex Matta Meirelles é dado definitivamente por desaparecido."

Jornal *O amanhecer*, segunda feira, 3 de março.

#casaArcanja

Deuza encaminha-se para a casa de Arcanja, mais uma de suas clientes. Arcanja Leão Cordeiro da Villa é baixinha, atarracada, usa os cabelos cor de cobre e roupas muito coloridas, equilibrando-se sobre altíssimo salto plataforma. De origem simples, sofisticou-se à sua maneira ao casar-se com Chico. Tem um enorme desejo de participar da sociedade. Tem delírios com os comentários de Deuza sobre as suas clientes e deseja ardentemente entrar para o grupo. Fala mal, omitindo o plural das palavras e tem procurado melhorar, apurando os sss e rrrs. Seu marido é um empresário do entretenimento, tem hotéis e restaurantes, e até fazenda de gado. Deselegante, sempre usa muitas joias e roupas caras, porém de muito mau gosto.

Antes de começar a fazer as unhas, Arcanja, entusiasmada, mostra-as a Deuza, que leva um susto.

— Olha só Deuza, já estou com umas tremendas unhas de águia! — comenta Arcanja eufórica.

Deuza fica intrigada e percebe que Arcanja tem algo de diferente, mas disfarça. Graças a Deus não eram esbranquiçadas e pálidas. Pelo contrário, bem cor de rosa. Ela tem este jeito estranho, mas sei que é boa pessoa e sempre que deseja algo, luta por aquilo, como é o caso do desejo de ingressar no grupo do terço.

— É mesmo, Dona Arcanja, conseguiu, não é? Mas vamos diminuir um pouquinho para não quebrar, estão muito envergadas.

Enquanto fazia as unhas dela, tentei lê-las, mas tive muita dificuldade. Só sei que águia é um pássaro de bom presságio e dizem que é longevo. Segundo a lenda dos povos nômades: Quando envelhecem, voam para o alto das montanhas, arrancam suas unhas, o bico e as penas. Hibernam e sofrem um processo de renovação. Elas representam proteção, sabedoria, abundância e força. Ela me interrompeu, tirando-me das minhas elucubrações. Parecia que havia percebido minhas intenções. Um mistério a envolvia, não só na origem, como também na situação financeira. Mas isto é coisa para o Senhor Fernandes, eu não tenho tempo para isto. Vou dar a dica para ele.

— Deuza, adorei seu arquinho de flores! Bem primaveril!

— Ah, eu adoro esses acessórios de cabeça!

— Você está vindo da casa de alguma perua do grupo do terço? Você me prometeu que eu ia frequentarrr esses terço, eu quero me enturmarrr nessa parada. Você sabe, dinheiro só não adianta, a gente tem que frequentá, frequentarrr. Eu vivo lendo sobre estes lances nas colunas sociais e fico doida para ir. Não vejo a hora ...sei que vou mandá bem.

— Dona Arcanja, só tem um jeito!

— E qual é, fala criatura!

— É dando um donativo gordo, alto. Só assim!

— Ah, isso para mim é moleza!

— No próximo terço eu armo pra senhora ir. Me antecipei e falei com o Padre Dominguez que a senhora está interessada em dar uma boa contribuição e quando a Dona Cida souber disso, vai ficar toda animadinha para conhecê-la.

— Agora..., vai por mim Dona Arcanja... eu sei que a senhora tem esse seu jeito sincero... vai falando tudo que pensa... Cuidado! Deixe que elas se cheguem. Aquele povo é outra gente! Senão a senhora pode se magoar.

— Então não sei me comportar, garota? Sou macaca velha. No começo só sorrisosss, antenasss e butuca ligadas... só ganhando terreno... deixa comigo. Vai dar tudo certo!

— Tenha paciência, Dona Arcanja!

— É, você tem razão, Deuza, é que estou acostumada com o Chico que diz:" *nunca se perde o lance. Tem que mandá vê*", mas isso é coisa lá do trabalho dele. Eu não sou igual. Quero mesmo é estar nessa parada de *society* e para isso tem que ter paciência. Ai!... Tenho que me livrar dessas gírias da garotada da comunidade. Fico com eles lá na quadra, e pego tudo.

— Como eu falei para a senhora, aquilo é um negócio de louco! A turma é super fechada, não é qualquer um que entra naquela panela! E tem mais, aquilo é uma fofocaria que Deus me livre! Mas a senhora já está dentro!

— Então não sei como é essa história de turma fechada do balaco nas interna? Vai querer ensinar missa pra padre? Então não sei como são essas peruasss? Mas vou ter que encararrr, minha filha... Eu tô a fim é de aparecer no meio das bacanas. Não preciso do dinheiro delas, se bobear o Chico tem até mais do que os home homensss delassss, você sabe muito bem... O problema é que ele é um tremendo roda presa. Detesta o social... Vive enterrado naquela quadra. Dorme e acorda pensando no desfile, na escola, na comunidade. Caridade por caridade, me garanto.

Deuza segurando a caixinha de esmaltes, muito bem organizada.

— Vai botar um vermelho ostentação, Dona Arcanja? Para ir para o samba?

— Vermelho fogo, Deuza. Não! É melhor o laranjão. Mais iluminado! No pé e na mão! Chico adora! Tem tesão em pé pintado de cor forte. Quando começa a descascar então ele fica louco. Chupa todos os dedinhos!

Deuza, meio constrangida, retoma o assunto da roda do terço, tentando proteger Arcanja, caso ela realmente consiga fazer parte deste ciclo fechado. Mas Arcanja só pensa nos momentos de glória.

— Já pensou, Deuza, a boneca aqui no jornal, toda dondoca, e escrito embaixo do retrato, da foto, como se diz agora:

"Arcanja Leão Cordeiro da Silva no Terço da Graça Divina de Cida Matta Meirelles?"

Arcanja já se imagina sambando no meio do salão das granfinas, mostrando como pode dar um show para angariar fundos para as obras da igreja e eventos do terço.

#casaCida

Aparecida Matta Meirelles, conhecida como Cida, foi quem empregou Deuza como babá de seu filho Ricardo, quando esta saiu do interior e chegou na capital. É religiosa profissional, empresária da filantropia, fina e diplomática. Sabe como ninguém manter sua liderança, seja com os empregados, seja com as amigas. Veste-se com roupas em tons pastéis, vaporosas e esvoaçantes. Bonita, firme, pele alva, cabelos castanhos escuros e olhos acinzentados. É a líder do grupo de socialites do chamado "Terço da Graça Divina", que se reúne todas as semanas em sua casa, além de fundadora da ONG Pró-carente, que promove muitos eventos beneficentes para angariar fundos para suas causas religiosas. O desaparecimento de seu marido Alex Matta Meirelles deixou nela um grande buraco. Mas, como tudo tem prós e contras, sentiu-se aliviada porque, desde que entrou no período da menopausa, teve uma forte queda hormonal que resultou na perda da libido e a consequência foi uma aversão enorme ao sexo oposto.

Arcanja, cheia de joias e bem over, faz seu *debut* na casa de Cida. Chega e cumprimenta Cida.

— É um prazer enorme estar aqui hoje, Dona Cida. Eu sempre a admirei muitíssimo. Acompanho todo o seu trabalho na mídia e sempre sonhei em participar dos terço.. s .. semanaissss.

Cida, meio incomodada, reage sem graça.

— Muito obrigada, fique à vontade, Arcanja, mas antes de tudo me chame somente de Cida. Deixe o Dona para a criadagem

— Ok, Cida, óquei! É que ouço a Deuza se referindo assim à senhora e peguei o hábito. Eu sempre pergunto a ela sobre as reuniões dos terços.

Victoria Bleu Blue aproxima-se olhando a novata dos pés à cabeça, entre algumas sacadas no espelho.

— A quem devo me apresentar, Cida?

Cida apresenta Victoria Blue a Arcanja da ...

— Arcanja Leão Cordeiro da Villa, com dois lls, às suas ordensss.

Cida e Victoria Bleu Blue se entreolham chocadas.

Blue se aproxima, ajeitando o cabelo.

— Às suas ordens? Cida, deve estar havendo alguma confusão. Acho que erraram o endereço.

Cida chamando todas e disfarçando.

— Não, não, está tudo certo. Vamos iniciar a primeira rodada do terço, está quase na hora do Padre Dominguez chegar. Apresento-lhes uma nova integrante de nosso grupo de reza, Arcanja Leão Cordeiro da Villa, que se chegou a nós através do Padre Dominguez.

Todas tiram terços e mantilhas das bolsas e se amontoam diante do espelho, se arrumando. A única sem mantilha é Arcanja, mas em compensação, seu terço brilha de tão valioso. Todas observam.

Cida puxa Victoria Bleu Blue para um canto e cochicha.

— Controle-se, Victoria Blue. É gente do Padre Dominguez e deu um grande donativo para a paróquia, controle-se Victorinha, controle-se. O marido é milionário! A gente nem chega perto do mundo de dinheiro que essa gente tem. É dinheiro novo, é verdade, mas que dá para encher containers. Tudo o que essa gente quer é aprender com a gente, por isso mesmo controle-se e tente ser o mais agradável possível. Você só tem a lucrar. Sua tradição é inabalável, nunca se esqueça disso!

Blue, ajeitando o vestido e o cabelo.

— Mas ela vai participar de tudo?

— Vamos ver, temos tempo. Vamos ver se ela aguenta!

Blue examinando as unhas:

— Rica assim, é? Bem, vamos tentar aturar!

Cida retoma o comando.

— Well, meus amores. Vamos iniciar!

Maria Beatriz, com seu inseparável terço, depois de ter dado um golinho disfarçado alimentando seu alcoolismo, exclama para Ângela:

— Ai, Anjinha, com a Graça do Senhor, foram muitas doações este ano! Afinal de contas já cobrimos todas as Instituições deficitárias da lista de interesses, ou melhor endereços, enfim a mala direta laranja do Padre Dominguez! Deu muito trabalho!

Ângela Lopes Corisco se ajeitando gordamente na cadeira:

— Laranja?

—É a cor que ele escolheu!

— E eu sei exatamente quem contribuiu e com quanto... Cumpro direitinho meu papel de tesoureira. Ricardito, quando revê, fica perplexo. Não erro um ingrediente da receita. Tenho tudo no excell no computador, posso até promover uma CPI das patronesses. Mas você não pode imaginar a doação que entrou nesses últimos dias. O Padre Dominguez recebeu uma das maiores contribuições dos últimos anos.

Todas olham para Arcanja, que finge que não percebe, pois já está ajoelhada e de olhos fechados.

Arcanja realiza seu sonho e não perde uma reunião do terço.

— Dá para promover um banquete de não sei quantos mil talheres. Me refiro às melhores iguarias do mundo. Caviar Alma do Irã, perdizes, faisão jumbo, bacalhau da Noruega e ainda salmão do Alasca ou da Rússia e assim vai... Uma delícia!

— Depois você passa toda a planilha para Ricardito. Ele é quem controla todas as finanças — interfere Cida, preocupada com a gula da amiga.

Maria Beatriz ouve o nome de Ricardito e presta atenção à conversa.

"Em muitos casos, como pude averiguar, são feitas algumas doações a ongs para servir de fachada e não chamar a atenção. Parte da verba arrecadada é desviada em benefício dos diretores da instituição e do intermediário da transação, na forma de caixa dois.

Infelizmente abusam da boa fé de quem faz doações!"

I.F.

#carreata

Aparecida Matta Meirelles promove uma reunião extra.

— Bem, amigas, chamei vocês aqui porque tive uma grande ideia e o que eu proponho é majestoso! É que em poucos dias vai desembarcar a imagem da Madona do Terço e temos que estar prevenidas com esta cidade violenta.

— Vá, queridinha, diga logo! Em nome do Sagrado Coração de Maria! Eu hoje estou com muita pressa. Tenho um encontro inadiável. Meus hormônios estão fervilhando! Esta minha curiosidade me enlouquece! O que você pretende, Cida? Dizer que a santinha não é do pau oco? — balbucia Maria Beatriz, embolando seu terço na mãos.

Cida retruca, irritada.

— Que besteira, Maria Beatriz! Que ideia! Só uma penitência para esta besteira. Reze cinco vezes seguidas o terço e mais cinco de trás para frente.

Beá obedece constrangida. Dá um golinho na sua garrafinha e se encolhe no canto para cumprir a obrigação, imaginando seu próximo encontro.

— Imagine, minha gente, uma grande passeata religiosa contra a violência pelas ruas da cidade — continua Cida.

— Cida, você enlouqueceu. Imagine nós, damas da sociedade, andando pelas ruas que nem os sem nada, sem teto, sem terra. Passeata? Francamente! Só falta pintar a cara! Se fosse ao menos uma boa maquiagem...! — critica Victoria Bleu Blue, repuxando o rosto.

Ângela Lopes Corisco, entretida entre o desejo e o vício de comer sem parar, principalmente quando fica nervosa, fala de boca cheia.

— Este bolo está maravilhoso! Daqui a pouco vocês vão querer dar bolo para o povo! Poeira de povo faz mal à pele!

— Bata na boca, faça trezentas abdominais e 500 respirações do crânio ao sacro! Vocês não conseguem ser menos fúteis e pensar em algo prodigioso? Eu me enganei! — batendo com a mão na testa — Não é passeata, e sim carreata!

— Ah! Carreata! Carreata, de carro! — falam juntas as três. Caríssimo! Alugar carro!

Neste momento, entra Arcanja com toda sua deselegância. Ela anda com as pernas abertas e meio dobradas, como de um réptil, e os braços balançando, mas se apresenta sempre com belíssimas joias, vestido de grife e sapatos de plataforma importados.

— Vocês falaram em carreata? É que tem que ter licença para sair. Mas eu posso resolver tudo. O Chico tem muito contato, o que eu pedir ele faz! Podemos ter uma frota de carros à disposição ou caminhão tipo trio elétrico. É bom chamar a atenção do povo das alturas!

Ângela Lopes Corisco adora a ideia do trio elétrico e comenta.

— A gente pode pedir emprestado lá na Bahia! Falando em Bahia, poderiam mandar uma baiana com cocadas, abará, e até fritar uns acarajés.

Arcanja, inocentemente, complementa.

— Hum, sempre que vou lá, volto carregada de especiarias com isopores cheiros e finjo que não são meus. Basta ligar para Cristina Sá, que ela até te acompanha às confeiteiras palacianas e outras quituteiras. Sabe onde encontrar a melhor freguesa de acarajé, o melhor abará, o mais delicado pão delícia e o que você imaginar de bolos, mingaus etc... Sou louca por aquelas comida, abará, biju, punheta, ou melhor bolinho de estudante! — rindo. — Uma vez eu parei em uma baiana e a punheta, desculpe o bolinho de estudante, era tão grande que eu perguntei a ela: Ué mudou de nome? Agora é bolinho de professor? Tem cada coisa naquela terra! Sabia que pão francês na Bahia chamam de pão cacetinho? — e solta uma boa gargalhada.

Todas riem, mas ficam sem graça e mudam de assunto rapidinho.

— É pela zona sul, não é Cidinha? Que a gente vai desfilar! A gente tem que ir rezando o tempo todo e o Padre Dominguez puxa a oração! Protegidas com a Graça de Deus — interfere Maria Beatriz, amedrontada e agarrada no terço.

Victoria Bleu Blue, passando pó de arroz com a esponja, ligeirinho como se desse tapinhas no rosto:

— E assalto? E sequestro? Não, eu morro de medo! Só ando com o Julião de segurança, além do Dobermann. Imagine que pânico! Povo! Hum...Ir devagarzinho...sentindo o cheiro do povo... um prato cheio pra bandidos e marginais! Uma verdadeira roubada! E.. se quebrar algum carro?

— Ai, Meu Deus! Um arrastão no meio disso. Já pensaram? Vamos virar xepa de feira! —argumenta Ângela Lopes Corisco.

Arcanja, que estava quieta em um canto, esclarece:

— Não se preocupem! Teremos seguranças! É uma ideia genial da Cida! Nós vamos organizar. Estamo juntasss, a causa é nobre! Nada vai nos acontecer!

Cida retoma, sem valorizar Arcanja.

— Está certo, então vamos criar as normas para evitar problemas e imprevistos. Vamos mandar fazer umas camisetinhas da ONG pró-carente e podemos arrecadar algo extra dos membros.

—Chiquerérrimas, com uma impressão abafante que serão vendidas a preços especiais, no modelo das feijoadas de carnaval. Vamos criar o modelão pura *moda street style* — complementa Blue.

— Se já existem os blocos "das Carmelitas" e o "Suvaco do Cristo", por que não criarmos o "Segura na mão da santa e vai?" — comenta Beá, depois de cumprir sua oração.

Cida interfere, tentando suavizar os comentários.

— Diferente dos outros, o nosso não é uma associação carnavalesca. É nos moldes delas, mas o que pregamos é o amor, a fraternidade, a caridade, e ainda saímos durante o ano. O nosso prazer não é o da carne, é o da alma!

— Nossa! Virgem! Meu Pai! Louvado seja! — todas se benzem, elevam as mãos, etc... e Arcanja imita.

— Você é mesmo um gênio, Cidinha! Vai ser um sucesso, queridas! Nós vamos resgatar as procissões religiosas que quase não existem mais. Ainda mais sobre rodas! A repercussão vai ser nacional! As conquistas e os resultados retornarão em dobro! Sem dúvida! Cidinha, você é mesmo nossa líder espiritual! Benza Deus! — conclama Maria Beatriz, bem mais animada.

— Tem que ter cabeleireiro, maquiador... uma equipe de mecânicos acompanhando, além de um alto serviço de segurança, UTI móvel com a melhor equipe médica da cidade, helicópteros de prontidão, de preferência com os dragões da independência relata Victoria Blue.

— Ai! Acho lindas aquelas fardas... Fico louca! Além, naturalmente, de um excelente buffet farto e variado — comenta Lopes Corisco.

— Em matéria de comida você é uma *expert*, não é, Corisco? Mas a ideia de trio elétrico é ótima! Assim começa a ficar interessante. Láaaá no alto, bem longe do povo. A gente lá em cima e o resto láaa em baixo —solta esta pérola, Victoria Blue.

— Temos que falar com as autoridades eclesiásticas para convocar um especialista em segurança pública para providenciar um esquemão. Homens nos elevados, nos prédios mais altos, outros à paisana nas favelas, na floresta, nos morros, e no meio do público. Além, é claro, do Exército, da PM, do Corpo de Bombeiros e técnicos de engenharia de tráfego. Eu tenho certeza de que, desta forma, chamaremos a atenção das autoridades e do povo. Será, sem a maior sombra de dúvida, um dos maiores eventos dos últimos tempos. Não esquecendo, é claro, da reserva da *Steak House*, porque o que vai ser servido lá é só o coquetel. Com fome ninguém brilha — conclui a gulosa Ângela Lopes Corisco

— Mas, o que eu queria mesmo era um Papa-móvel. Será que o arcebispo nos empresta? — opina Maria Beatriz.

— *Quelle horreur*! — blasfema Blue, ajeitando o batom vaidosamente.

As socialites cada vez se empolgam mais e continuam delirando. Imediatamente transformam um ato de desagravo em um evento social. Arcanja fica cada vez mais chocada, mas ao mesmo tempo, deslumbrada, e retoma a atenção.

— Cida, você decide se vai querer o caminhão do trio elétrico ou carros. Se for de carro eu tenho que pedir ao Chico com antecedência, porque ele costuma usar um carro cada dia. Eu gosto muito do Mitsubishi, mas o BMW dele é um show. Acontece que todos têm vidro fumê e ninguém vê quem tá dentro. Vou pedir para o Chico comprá um Honda, só para a passeata, ou um MG sem capota. O que vocês acham?

Cida escreve o texto e entrega a Corisco para publicar logo:

"A carreata pela paz organizada pela viúva do empresário desaparecido no desastre de avião e diretora da instituição filantrópica PRO CARENTE tem a finalidade de angariar fundos para trazer à sua cidade a Madona do Terço e da Graça divina, imagem única e que é considerada milagrosa."

— Contem comigo, irmãs! — responde Arcanja.

Todas a olham boquiabertas e percebem que Arcanja é uma figura imprescindível no grupo. E clamam!

— Nossa Soberana da Carreata que nos abençoe! Quero ver quem vai duvidar da nossa fé! Esta fé vai nos livrar da violência — conclama Cida.

Victoria Bleu Blue se afasta para ir ao espelho, ajeita o cabelo. Maria Beatriz dá um gole disfarçado e clama alto e em bom tom.

— Viva Nossa soberana da Carreata!

E todas.

— Aleluia!

Todas dançam e cantam ao ritmo de La Bamba, com exceção de Maria Beatriz, que não menciona o diabo e se movimenta de boca fechada:

"Viva a PAZ! *O diabo está na corda bamba, o diabo está na corda bamba, ele vai cair, ele vai cair.*

Cai demônio, cai demônio. Cai demônio, cai demônio!"

"Intrigado com algumas questões que levantei nas conversas com Deuza, resolvo chamar para investigar comigo o detetive José Gonzaga Lambreta, agora aposentado e com tempo para dedicar-se integralmente à causa. É também psicólogo e ávido por investigações e mentes criminosas, o que dá a ele uma vantagem sobre os contraventores.

Detetive Lambreta entra fundo nas investigações. Seu faro aguçado e espírito perspicaz, baseando as investigações na metodologia científica e lógica construtiva, além de partir das causas para compreender os efeitos, percebe que o foco principal ainda está para ser descoberto".

I.F.

#casaArcanja

— Olá, Deuza! Ainda bem que você chegou cedo. Estou excitadíssima com a ideia da carreata religiosa que a Cida está planejando. Eu já marquei o maquiador e o cabeleireiro para virem aqui me arrumar. Vai ser um estouro! Chico já liberou os carros e nós vamos com toda a segurança. Ele escolheu os mais chiques e sem capota para quem vai no chão por que eu e as companheiras vamos em cima do trio elétrico. Vai ter som de primeira e o Capelas vai cantar uns hinos.

— Conseguiram que ele fosse?

— É, a Cida tem muito prestígio e parece que está organizando um show beneficente com ele. É a contrapartida!

— Vai ser o máximo! Pena que eu não vou poder ir.

— Por quê, Deuza?

— Eu não faço parte deste grupo, sou mera serviçal!

Arcanja fica pensando e de repente fala:

— Deuza, tive uma ótima ideia! Vou promover uma festa à fantasia bem bacana pelo meu aniversário e aproveito para convidar todas elas. Assim, vão nos conhecer melhor. Você vai!

— Eu posso servir!

— Mas vai de fantasia, ok? Coloca um destes seus arranjos de cabeça com bastante lantejoula que você vai brilhar!

— Está bem, eu irei! Mudando de assunto, Dona Arcanja. A vida nos apronta cada uma. O copeiro da Dona Blue faltou quatro dias e não conseguiu avisar a ela. Sabe o que ela fez? Nem ouviu o que ele tinha para contar. Disse que ia descontar os dias e mandou o cara embora, na hora que ele apareceu. Na verdade, ele exercia várias funções, chofer, jardineiro, faxineiro, copeiro e até cozinheiro. Salário mínimo com algumas gorjetas de vez em quando para calar o bico. Super explorado por ela!

— Essa gente não é fácil! Como ele aguentava esta tirana? — comenta Arcanja.

— Aguentava por que tá difícil conseguir emprego. Tem quatro filhos! Perdeu tudo na enchente. A casa desabou. A sorte é que a mulher dele tinha ido com as crianças na casa da madrinha de um deles e ficou por lá por causa do temporal. Foi a sorte, senão todo mundo tinha morrido! Ai, minha Santa Sara, obrigada por salvar esta família!!!

— Como ele se arranjou?

— As crianças foram cada uma para casa de um parente diferente. A mulher dele teve que arranjar uma casa de família para trabalhar. Estão todos separados. Eles eram muito unidos, eu estive lá no aniversário da garotinha. Uma pena! Corta o coração! Eu pedi a minhas clientes para ajudarem com uma doação, pois elas vivem fazendo isto, mas nenhuma quis ajudar. Sabe o que me disseram?

— *"O que eu posso fazer, minha filha, já tenho tantos problemas, já ajudo tanta gente com as minhas obras de caridade! Agora, obra, construção, dinheiro vivo, assim, eu não tenho."*

— Ora, Deuza, Você é muito ingênua. Esse dinheiro tem destino certo. Eu sou uma profissional da filantropia. Sei como é! Sempre tem o caixa doisss. A desculpa é que tem umas despesa extra e tem que desviarrr para cobrir elas. Não vai conseguir nada com elas.

— É, eu também não concordo em dar dinheiro, me lembro do provérbio chinês que aprendi no colégio em que fui criada.

"Não dê um peixe a quem tem fome, ensine-lhe a pescar".

— Eu não vejo ninguém ali da turma do terço fazer caridade para quem realmente precisa. É um da cá toma lá que até dói! — comenta Deuza.

— A gente faz um trabalho bonito pras criança lá do morro, quer dizer da comunidade. Ensina o ofício, o samba da Escola, doa umas fantasia sss.... Ai Meu Deus! Não posso me esquecer dos ssss e rrrr.

Deuza, prendendo o riso, interfere.

— Ah, eu também procuro ajudar quem eu posso. No meu padrãozinho, é claro. Sempre que vejo um menino de rua que tem um pouquinho de interesse por alguma coisa, eu compro uma caixinha de engraxate, do Seu Velhinho, e dou de presente. Assim eu ajudo a criança e o velho, ao mesmo tempo.

— Cuidado, Deuza! Esse negócio de engraxate não tem mais saída. As pessoas não têm tempo de parar para engraxar. Os meninos ficam desocupados e enchem a cara de cola de sapato. Ou melhor, cheiram a cola e ficam alucinados. Não é bom ajudar engraxate não. Corta essa! Muda o foco!

— Não acredito! Eu tentando ajudar e estou levando os meninos para o vício! Já parei! O seu Velhinho que arrume outro ganha-pão!

#casaCorisco

Deuza vai à casa de Ângela Lopes Corisco para fazer-lhe o pé e a mão. Ângela é a tesoureira do grupo. Controla todas as doações. Diz que seu sobrenome vem de uma família abastada do nordeste, mas na verdade é bastarda e originária da família Corisco de cangaceiros. Esconde sua origem, com vergonha de acharem que ela não merece frequentar a sociedade. Gorducha e gulosa, come escondido de si mesma. É acostumada a devorar todo tipo de comida. Adora rabada e dobradinha, sarapatel e comidas pesadas. Quando tenta fazer um regimezinho, acorda durante a noite e ataca a geladeira. Faz verdadeiros banquetes noturnos e dorme empanzinada. É frequentadora assídua de SPA, onde apronta o tempo todo. Na frente dos outros diz que não come nada e sempre comenta em alto e bom tom:

"Eu só como alface, não sei por que meu peso aumentou tanto!"

Gulodice é seu fraco, a ponto de ter taras alimentares. Quando fazia sexo, gostava de lambuzar-se de chocolate para que o parceiro a lambesse inteirinha. Tinha orgasmos trifásicos a cada lambida e quando chegava na vagina urrava como uma leoa. Quando enviuvou, ficou acovardada para namorar e desenvolveu várias técnicas de masturbação com alimentos, como alguns legumes e frutas de aparência fálica, além de azeite para que seus dedos a penetrassem com facilidade. Costuma nomeá-los. Hoje é o dia do indicador ou seja, João, outro dia usa outro dedo e o chama de Salomão e assim vai.

Em todas as suas falas faz referências ao universo gastronômico e sempre que pode está comendo. Veste-se de forma inadequada para seu tamanho. Roupas justas, pois tem a sensação de estar mais magra, embora o efeito seja o contrário. Ao dar gargalhadas frenéticas, suas banhas pulam em um balanço leve e ondeado se aproveitando e exagerando neste sacolejo, puxando ótimas risadas dos presentes. É uma figura alegre e hilária e não se incomoda nem um pouco com seu tamanho, pelo contrário, se aproveita disto.

Quando percebe que Deuza chegou, esconde o bolo no aparador. Sua preocupação é não sobrar para ela quando acorda de noite com um desejo ardente de comer.

Ângela Lopes Corisco, com seus fartos seios balançando, anda de um lado para o outro falando ao telefone com Cida.

— Não, minha querida, é só um finalzinho de semana em um SPA, não se preocupe. Nós vamos conseguir! Assim que voltar do SPA eu retomo a venda dos ingressos. Me jogo de corpo e alma... Vamos arrebentar a boca do trombone! Mas imagine que nem Jane e nem Rose vão ao Show do Manolo Capelas. Essas minhas cunhadas são muito esquisitas... (ouve) Não, quase não frequentam, nunca vão. Pipocam dinheiro! (ouve) Só se ligam em Nova York, (pronuncia) Parrrís e Cap Ferrat. Não contribuem com um níquel sequer... Não, nunca contei com elas... (ouve) Imagine, Cidinha... que nada... Ah, na Carreata? Quem sabe? Vou tentar persuadi-las! É, com certeza! Dá muito ibope!

— As minhas também. São umas fingidas. Só aparecem quando mamãe está aqui. Imagine se eu ficasse contando com elas. Não se preocupam nem um pouco em elevar o nome da família. Ainda bem que o meu Terço é um sucesso. Elas morrem de inveja!

— Ah, eu me esfalfo! Peço a Deus e ao mundo, mas consigo vender tudo, para nossas campanhas. Querida, recebi ontem uma maravilhosa cesta de lanche *"five o'clock tea basket"*, com bolos maravilhosos, brioches foférrimos!

— Cuidado, Corisco! Vai engordar, mas o SPA resolve, né?

— Perco logo uns quatro quilinhos, mas também é ração braba! Só não perco mais porque tem umas pessoas da região que levam umas delícias para vender. Elas chegam no final da tarde e ficam do lado de fora do SPA. São proibidas de entrar, mas já armei um esqueminha e sempre consigo algo para meu lanche noturno.

— Não acredito: você faz contrabando de comida dentro do SPA?

— Esquece, Cidinha! Segredo de SPA! Voltando ao assunto principal. Eu convenço o mundo para ir ao show. Se não forem todos os Carneiro da Horta, os Santos Junqueira e os Motta de Souza, eu não me chamo Ângela. Afinal, eu sou ou não sou a primeira secretária de assuntos gerais de nossa agremiação? A vitaminada, deliciosa, a caramelada!

— *Parfait! Merveilleuse*! — como diria Blue. Acertamos quando te indicamos para o cargo! Sucesso, querida! A propósito, não vá se esquecer da festa da Arcanja Leão Cordeiro da Silva. Não dá para fugir. Temos que ir todas!

A voz de Lopes Corisco ecoa no celular no diálogo com Cida. Deuza escuta tudo.

Desliga o telefone e vira-se para Deuza.

— Imagine, Deuza, que eu soube pela Blue uma história doida que aconteceu com a Carmélia no metrô. Sabe quem é, não é?

— Sim, sim! Fiz as unhas dela durante o período em que ainda trabalhava na repartição no centro.

— Pois bem! Foi recentemente ao centro de metrô. Ela já está com 74 anos. Claro que usa e abusa de seus privilégios! Afinal, tem que ter uma vantagem em ser septuagenária, como todas nós. Não admite ser desrespeitada. Procurou logo o lugar reservado aos idosos, gestantes e deficientes físicos, a cadeira laranja. O metrô estava cheio e o assento ocupado por um homem jovem, com uma aparência de exausto.

Ela parou na frente dele, elegante e perfumada e disse:

— O senhor está no lugar errado.

Ele levantou a cabeça, olhou para ela e disse:

— Sinto muito, mas eu não vou me levantar.

Ela o olhou fixamente e disse:

— Ah, é? Então tá.

Sentou-se no colo dele com todo seu peso e elegância. O homem perplexo, depois de alguns minutos, resolveu passar a mão na bunda dela. Ela então começou a gritar.

— Pega, pega o tarado do metrô. As mulheres logo se solidarizaram e gritavam "Mexeu com uma, mexeu com todas".

— O homem fugiu assustado e pulou fora na primeira estação. Carmélia ficou no lugar como se nada tivesse ocorrido!

— Que cara de pau! —comenta Deuza rindo!

— Dos dois não é? — rindo também da ousadia da amiga. Em seguida comenta com Deuza: — Quando eu acabar de vender os convites do show do Leo Capelas, eu lhe pago aquelas coisinhas que comprei na sua mão. Você já fez aqueles chocolates que eu lhe encomendei?

— Aqueles ainda não; quanto ao resto, a senhora me paga depois. Se a senhora quiser, eu posso ajudar a vender. Eu ainda vou à casa de muita cliente esta semana. A senhora sabe, não é qualquer um que tem talento para vender. Eu tenho me saído muito bem. A Dona Arcanja mesmo disse que quer levar a família toda!

— Deve ser um engradado de cafonália, né? Mas tem dinheiro para comprar, quanto mais vender, melhor.

Entrega os convites a ela e come escondido uma trufa que tira de um cantinho.

— Qual vai ser a cor do esmalte desta semana, Dona Ângela? — pergunta Deuza. — Aliás, suas unhas estão um pouco enfraquecidas.

Enquanto Corisco escolhe o esmalte com uma mão, Deuza aproveita para examinar e analisar as unhas de Corisco. Elas se apresentam mais arroxeadas e pálidas, com sinais escuros, significando uma saúde frágil. Vê coisas de arrepiar. Percebe que se ela continuar a comer do jeito que come vai ter problemas sérios de obesidade mórbida e diabetes em alto grau. Já vê a pobre mulher com problemas de amputação de membros. Se assusta com a descoberta e levanta-se assustada.

Corisco, que se delicia com a trufa, também se assusta.

— O que há Deuza! Viu fantasma?

— Quase isso, Dona Ângela. Só um minutinho: vou beber uma água e já volto.

#cigana

Deuza chega à casa para esticar as pernas e encarar a nova jornada. O dia está dourado demais para ser perdido pelo cansaço. Desiste de sair para a dança flamenca, o que a deixa meio contrariada. Precisa preparar o corpo para o verão ardente, abrasador, desesperado, que se anuncia encharcando a pele, engordurando cabelos, sufocando a alma. Durante este período o vaivém de casa em casa a deixa exausta. Tinha qualidades raras porque, na verdade, podemos dizer que não era totalmente humana. Seu lado mágico e fantástico, sensível e premonitório, com capacidade de ler as unhas das pessoas, além de alegre e inteligente, curiosa e caridosa, eram qualidades que, unidas, revelavam-na um ser especial.

Deito-me para relaxar e logo vêm em mente as rodas de fogo da minha infância. Ouço vozes que me chamam: "Deuza, Deuza". Encontro-me no meio daquela clareira na mata. Vislumbro as formas e cores das chamas e passo a fazer parte da egrégora que se expande ali unida à força espiritual criada a partir desta multiplicação. Ali minha gente se reúne com nossos ancestrais e são revelados os mistérios e a magia do meu povo. Afastei-me, ou melhor, fui afastada ainda criança, mas a memória me coloca de volta, como se nunca tivesse saído. Agrego-me às muitas mentes voltadas para a concentração de um único objetivo gerado pela energia coletiva. Vislumbro um fogo que se acende, magicamente, tomando toda a clareira sagrada. Olho para as chamas e percebo que crescem, crescem e mudam de cor, vermelho, marrom, amarelo, atingindo um azul inebriante. Ultrapasso espelhos abrindo as portas de meu corpo e penetro paredes, vendo o que não gostaria de ver. Meus olhos infantis me traem, ardem com o calor e fecho-os. Pego rapidamente meu cajado que se mantém grudado ao chão. Faço muita força para soltá-lo e acordo assustada. Lembro-me dos conselhos de Mãe Maria.

"Você tem o dom de viajar pela magia do nosso povo, o perigo é não encontrar o caminho de volta. Em sonho você consegue ver a realidade misturada à fantasia. Você tem o dom de atravessar paredes, fronteiras e obstáculos e de ouvir pensamentos alheios, mas tem que treinar, senão se confunde. Exercite, exercite".

Minha sensibilidade me atormenta, pois não posso fazer nada para impedir o que pressinto que irá acontecer. Mesmo se avisasse à vítima ou se usasse toda a magia, não seria recomendável me intrometer. O destino de cada um deve ser preservado.

A magia cigana vem da força da peregrinação, aliada com a natureza e seus quatro elementos. Os poderes do povo cigano se originam em épocas remotas, desde o Egito antigo. São passados de pais para filhos e não podem ser desviados aos não ciganos, conhecidos como gajés.

O primeiro mandamento cigano é:

"Amar a Deus sobre todas as coisas e respeitar todas as religiões e credos."

#casaCida

Blue fez uma pequena intervenção na face, pois estava se sentindo um buldoguinho; mesmo assim, vai à casa de Cida, porque não perde uma reunião. Principalmente agora com tantos eventos a acontecer.

Victoria Bleu Blue não se admite decadente. Usa o sobrenome de origem francesa ou inglesa conforme a conveniência, assim como expressões nos dois idiomas. É irrequieta e tem alguns cacoetes: olhar as unhas; retocar a maquiagem repetidas vezes, procurando rugas no rosto; se arrumar diante do espelho a todo momento: tirar selfies sem parar, usando o celular como espelho, além de se perfumar a todo instante. Já fez várias plásticas e sua fisionomia vai mudando, ficando cada vez mais esticada e deformada pelo botox.

Nasceu na França, em uma região simples. Foi trabalhar em um cabaré em Paris, onde conheceu um milionário viúvo, herdeiro da fortuna da mulher, e que tinha ido se divertir na Europa. Os dois se apaixonaram, foram viver juntos faustamente até acabarem com a herança. Vieram morar no Brasil, para desfrutar dos últimos tostões em um país mais barato. Ele morreu e ela ficou sem nada, mas manteve a pose e a sofisticação que adquiriu na convivência com o viúvo. Mantém um guarda roupa de excelente requinte e qualidade. Quando a grana aperta, coloca para alugar em loja de festa ou em brechó de luxo, onde suas peças são disputadas.

Ela chega na reunião antes das outras e Cida começa a narrar a festa do aniversário de Arcanja.

— Blue, você não pode imaginar como foi a festa na casa de Arcanja Leão Cordeiro da Villa... Você deveria ter ido.

— Não podia! Estava com a plástica recente e, além disso, tinha o tal jantar dos Redgrave. Lá não faz mal chegar esticadinha e ainda um pouco inchada, porque é sinal de prosperidade. Sinal de que se tem! Que se pode! Está compreendendo?

— Eu vou te contar! Você não vai acreditar!

— Tão incrível assim? — desconfia Blue.

— Escuta! Eu nunca vi coisa igual! A mesa ficava em um grande salão com bichos empalhados nas paredes a nos encarar. Cada camarão que eu pegava me assustava com os animais me vigiando. Os jardins tinham alamedas e labirintos de plantas, e ao redor arbustos recortados na forma de animais. A piscina era decorada com um caracol enorme, ao centro, cercado de peixes de todas as espécies, inclusive cavalos marinho. No lago, vitórias régias e flor de lótus!

Blue fica estupefata e tem dificuldade de rir em virtude da cirurgia recente.

— Não estou acreditando em uma só palavra! — diz ela.

Cida continua.

— As pessoas todas estavam fantasiadas de bichos. Blue! Eu me senti em um Jardim Zoológico. E o pior, eu era um dos bichos, porque estava de... de gata.

— Você está delirando, Cidinha — e levanta-se para ver se a amiga está febril. — Não é possível! Isso foi um sonho ou um pesadelo?

— Ainda bem que eu estava fantasiada, quase irreconhecível! Havia momentos que eu achava que estava sonhando. Fugi dos paparazzi! Pânico de sair na imprensa marrom! Arcanja queria fazer selfie comigo o tempo todo. Fugi dela a festa inteira. Mas teve um momento, em que um fotógrafo ousado me flagrou com as outras e postou no blog dele, junto com uma foto enorme da abelha rainha. Dei nome falso! Espero que ninguém veja!

Blue, colocando pó de arroz com a *trousse* e tapinhas no rosto:

— *Pas possible*! E a Dolly, a ovelha clonada, estava entre eles?

— Não ironiza, querida! As pessoas, ou os animais, ou melhor, os convidados se entupiam de doces e se melavam nas penas e nos pelos das fantasias. Um delírio! Ainda bem que Maria Beatriz e Lopes Corisco estavam lá. Ah! Deuza também foi para ajudar a servir e se vestiu de Dona Coelha. Ela encheu as orelhas e as unhas postiças de strass. Brilhava muito! Passava servindo coisas na cestinha. Você sabe que na Páscoa ela anda de orelhas, não é?

— *La Grande bouffe*! Imagino Ângela Corisco no meio desse banquete! *Quelle domage!* Vergonhoso!

— Corisco chegou a passar mal no dia seguinte. Mas era pior que esse filme, A Comilança! Nunca comeu tanto na vida! Você perdeu! Não quis prestigiar Arcanja!

— Ah! Eu não poderia ir. Com esta intervenção recente, ia me contaminar! Mas que tipo de gente estava lá?

— Realmente, a frequência era de quinta, mas todos muito ricos! Tinham coleiras de ouro, braceletes de diamantes, coroas de esmeralda. Você não pode imaginar!

Blue dando palmadinhas no papo:

— Cidinha, estou chocada!

— A noite foi Felliniana, querida! Inacreditável!

— Quer dizer que são poderosos?

— Poderosos? Bota superlativo nisso. Poderosérrimos, riquerérrimos, mas cafonerrérrimos. Cascatas, Victoria Bleu Blue, cascatas não, cachoeiras de camarão, montanhas, verdadeiros himalaias de lagostas e lagostins, bacias de caviar, salmon a dar com o pé. Piscina de champagne!

— Ah, não, querida agora você está exagerando! Mas como, mas como eu fui perder. Quero me chicotear, todinha. — Ajeita um cachinho do cabelo.

— E ainda tem mais. A casa não é uma mansão é um castelo, com torre e tudo. Os portais enormes, revestidos de dourado. Na porta principal, um enorme brasão com uma águia. Nas portas internas almofadadas, outros brasões com imagens de animais, todos os bichos, todos, todos. As escadarias ladeadas por um corrimão na forma do corpo de um leão que terminava com as cabeças esculpidas. O rabo descia pelos cantos inferiores das escadas, tudo dourado.

— Chega! Chega! Isso significa que nossa sociedade está falida. Diante do que você me contou! Estou na sarjeta. Promovendo shows, fazendo carreatas. Estamos completamente arruinadas! Eu aqui, colocando meus visons nas lojas de aluguel para festas, minha coleção de cashemere *cole roule* e *rez de cou* de todas as cores, minhas botas italianas de canos de todos os tamanhos e estilos, nos brechós de luxo em consignação. Até minhas maquiagens de luxo e meu estoque de perfume francês eu já pensei em vender. Tudo para conseguir virar o mês, isso sem falar nas dívidas. Veja, que decadência!

Cida continua.

— Fui apresentada ao decorador. Mas era na verdade um faz tudo. Ele decorou a casa, os doces e palpitou nos figurinos das fantasias. Basta dizer que a criatura estava de uirapuru.

— Aquela ave rarérrima? Pelo que você está me contando, querida, não é um decorador como o nosso querido Charles, é um misto de carnavalesco com veterinário ou bichólogo. Agora entendo por que ela tem esta bicharada no sobrenome!

— Ele se deliciava. Não parava de comer e imitava: "Ai, querida, vou perder a forma. Mas também, tanta coisa irresistível! Ainda bem que hoje eu vim de pássaro, é só bater as asinhas, dar uns rasantes, dançar uma rumba e pronto, os quilinhos vão ao chão!" — e saía cantando:

—Ave, Ave, Ave, Arcanja. Oh, Dona Arcanja Constança de Abreu, espia no poste o bicho que deu . Ave, Ave, Avestruz.

— Conta, Cida. Como era a fantasia de vocês?

— Bem, eu fui de gata. Coloquei umas botas longas, meu vison sobre os ombros e uma máscara bem sedutora. Ricardito de diabo e Ângela de elefanta.

Bleu Blue quase arrebentou a plástica de tanto rir.

— Acho que a intenção não era esta, mas tudo levava a crer que era de elefanta! Tinha uma saia rosa de seis babados, pulseiras e mais pulseiras até o cotovelo e máscara. Colocou uma peruca farta que lhe caía sobre um ombro só, que mais parecia uma tromba mole. Na cabeça um adorno igual à saia, feito um chapeuzinho. Ela dizia que era de rumbeira, mas...

Bleu Blue se contorcia.

— E Beá? — perguntou no meio do ataque de riso.

— Maria Beatriz foi de beata, com véu e tudo o mais.

— Nossa, que sem graça! Foi dela mesma!

— Não, era só por cima! Quando abria a capa era uma vaca translumbrante, sexy, cheia de dourado e muita lantejoula. No pescoço um sininho, a roupa malhada, umas tetas maravilhosas e os saltos plataforma como os pezinhos de vaca. Genial! Quase ganhou prêmio!

— E Arcanja? Como estava ela?

— De abelha rainha! Uma roupa com faixas largas amarelas e marrons. Mas o amarelo era ouro. As asas translúcidas salpicadas de brilhantes, e na máscara os ferrões, cujas pontas tinham rubis e esmeraldas. A coroa, nem se fala, era uma peça de museu de tanta pedraria. O marido estava de zangão. O casal desfilava pelos salões.

— *Bah! En fait!* Eu tive que ir a um jantar sentado e servido à francesa, na residência de James Redgrave, e quase morri. Passei fome! E vocês lá. Nesta orgia! Eu tenho que manter alguns contatos, senão caio no ostracismo. Sabe qual foi o menu dos Redgrave?

Entrada: Uma casquinha de siri anão sem recheio. Enfeite, só enfeite! Ou uma sopa, que era, na verdade, um *consomé de rien*. Primeiro prato, que eu pensei que ia salvar, língua defumada em finíssimas fatias, cortada com a mais eficaz faca elétrica alemã, rodeada de pétalas de rosa, agora é moda, decorar o prato com pétalas de flores desidratadas. Dizem que é PANCS (Plantas alimentícias não convencionais) .

— Pior que os SPAS da Corisco? — interrompe Cida.

— Bota pior nisso! A roupa das dondocas, só você vendo. Algumas tingiram para a gente não perceber que estavam usando a mesma roupa do último jantar. Você já pensou,

Cidinha, um autêntico Dior, tingido? Aliás, vai ver que nem autêntico era. A essas alturas, com essa sociedade falida! A mercadoria deve ser toda fake, importada da China, Hong Kong, Paraguai ou Coreia! Ai, minha Madona do Terço! Como diria Beá. Não, não sei, não sei onde foi parar a nossa sociedade...

— No zoológico, pelo visto! Olhe Blue, não deixe Arcanja perceber o nosso espanto. Temos que tratá-la com muita naturalidade. E você, trate de se explicar! Porque na próxima você tem que ir.

— Mas nem que eu peça a Corisco e dê os convites do show do Capelas para ela de graça. — Afasta o cabelo delicadamente da testa.

— Não, pelo amor de Deus, não! Senão a comissão vai pro brejo. Não pode dar nada!

Arcanja chega e Blue se aproxima dela, bem simpática.

— Venha, Arcanja, sente-se aqui ao meu lado. Eu não pude ir à sua festa, mas soube que foi um escândalo! Linda, espetacular, um sucesso! Eu tive que fazer um *liftingzinho* e não podia me contaminar, oh, desculpe não podia sair de casa.

— Eu já havia percebido seus *lif...*, seus puxados. Você está muito preocupada com a aparência e isso não é bom! Livre-se das coisas superficiais! Para que se preocupar com as ruguinhas, você demorou tanto para tê-las, agora elas estão chegando. Abrace elas, fique com elas. Fazem parte de você.

— Imagina, Arcanja, elas não fazem parte de mim. Estão entrando em mim!

Arcanja, com sua língua de serpente e olhos felinos, aproxima-se mais de Blue.

— Pois vou te contar uma estorinha bem interessante. Duas gêmeas, preocupadasss porque a idade vinha chegando, resolveram fazer um puxadinho, acrescentar também algumas bochechasss. Acrescentaram um volume tal de bochechas que pareciam orientais. Só que elas começaram a ficar diferentes e não queriam que isto acontecesse. Consequentemente os olhossss e a boca diminuíram e sumiram dentro das avantajadas bochechas e elasss cada vez queriam mais e mais e mais. Não aceitavam o envelhecimento de jeito nenhum. A cada nova ruga, um enxertozinho. Acabaram sabe onde?

— Ahn? — faz Bleu Blue!

— Ambas no maior circo do mundo, como representantes da deformação da humanidade no mundo de hoje.

— Que horror, mas você é... — Cida interfere na mesma hora e afasta Blue.

Arcanja ***não perde tempo e continua. Vira-se para Cida.***

— Cida, antes que eu me esqueça, gostaria de lhe convidar para um passeio no jatinho do Chico. Ele comprou hoje em substituição ao outro de três anos, que passou para o 2º piloto atender nos negócios de emergência. Este novo é só para finais de semana nas nossas ilhas ou prossss ladosss da Bolívia. É só um grupinho de colegas lá do samba. Gostaria muito que você fosse.

Blue, interessada no convite:

— Ah, que bom! Eu até estou disponível neste final de semana. Nós podemos ir, não é Cida? — procurando um espelho.

— Querida, desta vez o convite é só para nossa anfitriã e o filho —Arcanja responde, vingativa.

Blue vai dar troco mas Cida interrompe, olhando firme para Blue.

— Obrigada, Arcanja, vou falar com meu filho — continuam conversando.

— É uma oportunidade rara, porque o Chico não para de trabalhar. Aliás ele vai a trabalho, mas como sabe que eu adoro essas tournnéesss, ele me disse para convidar algumas pessoasss.

— Tem lanche, *catering*, alguma coisa para beliscar? — opina Corisco.

— Corisco, você só pensa em comida! — Maria Beatriz se metendo e se benzendo.

— Almoço a bordo Sampaio's buffetes. Delicioso! — responde Arcanja orgulhosa, olhando firme para Ângela.

Ângela Lopes Corisco lambe os beiços. Victoria Bleu Blue afasta-se, sentindo-se rejeitada e, para mudar de assunto, se aproxima de Maria Beatriz.

— Beá, você continua frequentando os encontros do Professor Bento?

Maria Beatriz responde distraída, enrolando o terço que acabou de dedilhar.

— Às vezes, quando eu posso, com a Graça de Deus!

Victoria Bleu Blue, alertando a amiga.

—Cuidado com as ideias que ele prega.

Maria Beatriz levanta as mãos ao céu e retruca.

—Em nome do Senhor! Como assim? Que ideias?

Victoria Bleu Blue, falando e retocando a maquiagem.

—Essas coisas que ele diz, que pobre é explorado por rico.

Maria Beatriz fazendo o sinal da cruz.

—Virgem! De uma certa forma, ele tem razão.

Victoria Bleu Blue, na sua sofisticância.

— Ah, não concordo com você! A gente paga, não pede de graça! Para isso eles ganham salário! E ainda assina carteira!

— Assinar carteira é obrigação trabalhista! Tem gente que explora mesmo! Obriga a ficar até tarde para servir o jantar, esquece que eles também têm que dormir, e que já ficaram acordados trabalhando desde muito cedo. E não paga hora extra! — reage Maria Beatriz, com as mãos no peito.

Ângela Lopes Corisco, mastigando, observa a conversa das duas e se mete.

— Mas vai fazer o quê, Beá? Se só é chique receber tarde! Se bem que no mundo mais civilizado eles marcam hora para as recepções. Agora é tudo das 19 às 22hrs.

Maria Beatriz, indignada, faz o sinal da cruz e beija o seu inseparável terço.

— Aleluia! Mas, quando a recepção é grande, tem que chamar um serviço extra. Já dizia uma de nossas grandes damas, Dona Zizi, que festa dá emprego a muita gente. Com a Graça de Deus! Desde as costureiras aos cozinheiros, copeiros, decoradores, garçons, jardineiros, floristas, seguranças, manobreiros, etc. Festa não é futilidade, quando produzida ou oferecida por profissional. Inclusive é o lugar apropriado para novos relacionamentos. Com a benção do Senhor e da nossa Virgem!

—Tudo bem, para uma grande recepção, ainda vai. Mas para o dia a dia... Não custa nada um favorzinho de vez em quando, servir um jantar tarde ou trabalhar no domingo — blasfema Corisco, sempre beliscando algo.

— Virgem Santíssima! Corisco... — exclama Beá.

— Meu falecido marido, às vezes, chegava tarde. Você acha que eu ia para a cozinha? Você sabe que eu gosto de comer, mas fazer? Só na imaginação. Afinal de contas, quem paga tem que ter conforto. Quem tem que servir é a empregada que se paga para ser servido.

— Ah, então tem que dar um extra, um agrado. Com a proteção do Anjo da Guarda!

— Olha aqui, Beá, se for dar um extra aqui, outro ali, vai agradar muito e acaba sendo mais de dois salários mínimos. É demais!

— Mas não é justo! Valei-me Rei! Você acha que alguém pode viver assim? Uma moça que veio do interior e trabalha lá nos Cabral de Aguiar tinha que servir na cama o café da manhã de toda a família. Subia e descia aquelas escadas da casa, levando de quarto em quarto uma bandeja repleta de pratarias pesadas. E tem mais, cada um comia uma coisa. Não era tipo *catering*, não. Ela acordava às 5:00 e começava a organizar os *breakfasts* até às 10 horas. E depois disto engrenava na arrumação dos sete quartos da casa, colocação da mesa etc e tal... Dormia às tantas. Não parava de trabalhar um minuto. Regime escravocrata. Você acha isto bom? Não recebia nada extra e ainda tinha folga só de 15 em 15 dias.

— Ih! Lá vem você com o discurso do Professor Bento. Sabe do que mais, quero é gente para me servir. Eu vivo apavorada com a ideia de o Brasil ficar igual à Europa e aos Estados Unidos, com aquela mão de obra caríssima e praticamente inexistente — comenta Ângela Lopes Corisco.

— Nossa Senhora dos Socorridos! Que barbaridade! Ah, eu ajudo sempre que posso. Se tem capacidade, tem direito a crescer na vida.

— Não exagera, Beá, não exagera! Você vai para a cozinha, para o tanque, para o ferro?

Maria Beatriz responde irritada.

— Existem várias maneiras de lidar com o desnível social. Minha família contribui bastante, dando diversão aos funcionários da empresa. Todos frequentam as salas de cinema. E nos horários vagos os espaços são usados para catequese, com atividades para a comunidade, oferecendo aos meninos de rua, que tem aos montes perto dos cinemas do centro, atividades educativas e lúdicas.

— Lúdicas? Quer coisa mais lúdica do que relaxar assistindo filme pornô depois do expediente? Cheio de casais e punheteiros? O pior é que outro dia o teatro ao lado, vizinho a uma das salas de cinema, estava com um problema no escoamento da água. Quando foram averiguar, estava tudo entupido! Vocês não imaginam com o quee...! Quilos de camisinhas de vênus entupindo tudo! Uma vergonha! — Ângela L. C. ironizando.

Maria Beatriz retruca indignada

— Ah, Corisco, você pirou! Me perdoe...! — cruza os dedos, se benze! — O Senhor seja louvado! Você está inventando história. Eu nunca soube disso! Minha família é religiosa, honesta e os cinemas são para todos.

Bleu Blue viu que os ânimos estavam exaltados e resolveu mudar de assunto.

— Sabem queridas? Eu faço meus liftezinhos e tenho muito sucesso, pois além de elegante e magrinha, eu atraio ainda muitos homens. Outro dia, quando eu atravessava a rua lá no centro, depois de tomar um delicioso chá com Carminha Browny, minha colega de colégio, eu ouvi um cara gritando para o outro do outro lado da calçada. — Lá vem o diabo que veste Prada! — Era eu! Chiquérrima, atravessando a rua. Com meus cabelos brancos muito bem arrumados. Me confundiram com Meryl Streep. Não é o máximo?

Todas se entreolham e dão risada.

— Até que não está nada ruim para o meu lado. Outro dia conheci um Senhor muito distinto. Estava voltando da cidade de metrô e de repente sentou-se junto a mim, um cara charmoso e cheiroso. Acho que tinha saído do banho. Começou a falar do dia lindo, aquele papo furado... e emendou em comentários sobre Paris, Viena, Nova York. Alimentei a conversa. Saltamos na mesma estação. Fomos tomar um café. Marcamos novos encontros. Na praça, na livraria, sempre em lugares públicos. Gostei dele! Mas, daí a ir para a cama... muita coisa existe. As rugas, a pele flácida, os babados, os tais dos pneus. A boneca que agora é carequinha, aliás as jovens estão depilando tudo. Um desânimo! Ele também me parecia preocupado. Mas o tesão aumentou e resolvemos nos entender. Passamos a nos encontrar no apartamento dele. Um lugar super aconchegante. Nos encontrávamos sempre às 15:00 horas. Tipo *La belle de jour. Very exciting!* Sentia ele meio metódico, mas eu não tinha outro interesse além de dar uma namoradinha. Quando acabava, tomávamos um lanchinho e tchau! Fiquei com receio de me envolver mais e entrar naquele clima acomodado de nunca sair e ficar grudado na TV. Ah, minhas amigas, não quero saber de casamento não. Só quero paz e me divertir.

— Mas Blue, esta estorinha é velha! — comenta Corisco.

— Chiiiii! — interfere Blue. — Deixa elas pensarem que é coisa de agora! — e cutuca a outra. — Não precisa espalhar que já não me interesso por homens. Estou amando as mulheres! Depois te conto umas travessuras que andei fazendo, hi,hi,hi.

#casajornalista

Ismael Fernandes encontra-se sentado em sua indefectível cadeira de rodas, com o olhar perdido e o olhos úmidos de tristeza. Olhava o cair da tarde com os últimos raios de sol mudando de cor a cada instante, até afundar no fim do mundo. Os tons variados da mata tropical se multiplicavam com o movimento da luz. O vento soprava, levitando as folhas junto à poeira carregada de tristeza e melancolia. Seu reflexo no vidro da janela traz recordações da tragédia que sofrera.

"Não me pareço mais comigo, sinto-me um outro ser, com frequência para pior e raramente para melhor. Esta melhora se firma quando Deuza se aproxima. Ela vem envolta em um véu de alegria! A brisa leve em seu entorno acaricia-me a alma. Me transforma em moeda vigente, não mais aquela que já saiu de circulação."

Deuza entra, delicadamente, e percebe a profundidade daquele olhar; aproxima-se dele com uma xícara de chá. Percebe a tristeza na expressão daquele homem. Ele a olha e sua fisionomia logo se transforma.

Ela se lembra de seu último relacionamento amoroso. Ainda morava no apartamento que dividia com a amiga, que já havia saído. Conheceu-o no forró. Um homem bonito, de olhos esverdeados, boa estatura e ótima aparência. Seus olhos se cruzaram e eles dançaram a noite toda. Começaram um namoro cheio de tesão e muita tensão. Ele sumia e aparecia sem dar satisfação. Ela já havia conhecido a irmã, que sempre se esquivava a dar-lhe qualquer informação. Dia após dia, ele começou a ficar na casa dela. Foi trazendo aos poucos suas coisas pessoais e foi se instalando. Cozinhava maravilhosamente bem e ela se sentia feliz por chegar em casa e encontrar uma comidinha à mesa. O filho de Deuza estava passando uma temporada com ela e começou a passar mal com a comida. Ela também sentia enjoos constantes, mas não associou que fosse dos quitutes que ele fazia. Até que um dia observou no feijão alguns grãos azulados. Desconfiada, fuçou os pertences dele e percebeu que ele tomava um remédio muito forte. Metódico, notou que haviam mexido em seus pertences e teve um ataque dos nervos. Avançou no menino, acusando-o, e quando Deuza defendeu, ele a agrediu. O menino conseguiu fugir e clamar por ajuda. Levaram-no preso e foi direto para o sanatório. Este era o mistério daquele homem lindo. Depois disso, não se interessou por mais ninguém. Aliás, sentia um pouco de atração por um dançarino de Flamenco, mas não passava disso. Passou a dedicar-se ao jornalista Ismael Fernandes, que muito admirava e ficava feliz em dar-lhe o máximo de atenção.

Para alegrá-lo, começa a contar as novidades.

— Está o maior fuzuê. As dondocas estão a mil com os eventos que vão ocorrer. Carreata pela Paz, show beneficente do Capelas, e ainda a imagem da madona que está para chegar.

— De onde?

— Dizem que circula pelo mundo. Em cada local tem uma pessoa que não desgruda dela. É muito valiosa! De Porto de Lum.. Lúmbia, sei lá da onde, e vai diretamente para a casa de D. Cida

— Da Ásia?

— Pode ser! A santa vem com uma comitiva lá do estrangeiro, e é o Padre Dominguez que fica responsável por ela. Dona Cida tem rezado tanto para que tudo dê certo, que está até com um calinho no polegar de tanto rodar bola de terço.

— Que bola de terço, mulher! É conta! Conta de terço! Qual santa?

— A Madona do Terço. Aquela que tem cabelos enormes e dizem que é tão milagrosa que seus cabelos crescem.

— Como é, Deuza? Os cabelos da santa crescem?

— Pois é! É o que dizem!

— E provam?

— Aí é que está! Os cabelos são de verdade e tem uma celebração íntima, que é onde ocorre o corte do cabelo, que logo em seguida começa a crescer novamente.

Mas é só para os iniciados e em uma determinada fase da lua.

— Cada coisa! Eu estou impressionado com a criatividade deste povo!

— Nossa! Essas madames me deixam louca. Eu só passei aqui rapidinho para trazer os recibos dos pagamentos que fiz no banco e saber se o senhor está bem. D. Cida me pediu, de última hora, para ajudar na cozinha e fazer o pão. O senhor sabe que não posso negar nada a ela e um biscatezinho não faz mal a ninguém...ainda mais agora que pretendo comprar meu carrinho. Vou fazer um serão!

Enquanto conversa, Deuza tira da bolsa alguns papéis e arruma em um escaninho. Excelente contadora de casos, porque mistura um pouco a realidade com a fantasia, Deuza floreia ainda mais os acontecimentos deste dissimulado mundo social em que tem convivido.

— Deuza, presta atenção a tudo. Fico aqui louco para ouvir suas estórias.

— Vou precisar fazer os pães, tenho que aproveitar a lua cheia.

— Mas por que na lua cheia?

— Já não lhe contei que as fases da lua influenciam em tudo na nossa vida e que nós respeitamos muito isto? Ela funciona como uma espécie de bússola. São os ensinamentos de Mãe Maria, aquela que me criou. Era uma cigana que não era nômade, mas seguia todos os preceitos. Ela dizia que na lua cheia é o momento de oferecer alimentos encantados, ou melhor, sagrados. É o período da fartura. Também é bom para criar. O senhor sabe que tenho sangue cigano e que faço tudo respeitando o que ela me ensinou. Os ensinamentos não podem ser desviados, do mesmo jeito que as experiências não podem ser desvividas.

— Me explica, Deuza. Como é isto?

— Estes períodos são muito importantes para o preparo da comida cigana e cada ingrediente tem um sentido próprio, um desejo a cumprir.

— E as outras luas, que influência trazem?

— Existem várias interpretações da influência das fases da lua em nosso cotidiano. Eu sigo o que me foi ensinado. Na lua nova a energia é favorável para inovações e criação de projetos, apesar de ser um período de introspecção, de meditação. A lua crescente é propícia a investimentos e prosperidade. Festejos e casamentos, além da colheita de ervas caseiras. Na lua minguante não se deve mexer em dinheiro. É a fase da cura, de fazer os remédios caseiros, utilizando as ervas, raízes, sementes, frutas e flores.

— Você é mesmo uma pessoa especial, Deuza! E enche meu dia de prazer!

Deuza o olha intrigada.

— Tenho que ir agora! — sai apressada.

Senhor Fernandes continua perguntando e gira sua cadeira para a porta ainda fazendo perguntas.

— Ei, Deuza, espera! Preciso dos detalhes! Estou morto de curiosidade! — aumentando o tom de voz. — Traz meu pão!

Ela deixa no ar o rastro de um aroma leve, fresco e ele se dirige ao outro cômodo, do lado oposto de onde estava, e fica observando o nascer da lua. Aquela esfera branca, com seus desenhos prateados, vem aos poucos iluminando a noite. Tenta identificar São Jorge e o dragão e sua imaginação o acalma. Adormece.

A luz da manhã penetra no quarto, amarelando o ambiente. Enquanto aguarda o fisioterapeuta se organizar para iniciar o tratamento do dia, o jornalista aproxima-se da janela atraído pelo aroma penetrante do manacá-de-cheiro, que se encontra salpicado de borboletas. É envolvido pela brisa leve da primavera que se anuncia espalhando pólen e engravidando a natureza. Pensa nas conversas que tem com Deuza e, intrigado com a estória dos cabelos da santa, resolve estudar um pouco sobre fé, devoção e milagres. Ao ficar sozinho, liga para seu amigo. Deixa recado na secretária

— Lambreta, meu detetive preferido, estou muito intrigado com várias histórias que tenho sabido através da Deuza, a minha cuidadora e secretária. Percebo nas conversas com ela que está ali, no ambiente do *grand monde*, por baixo do pano, o fio da meada para a descoberta de uma das mais obscuras máfias em atuação no país, com braços internacionais e especializada na captura clandestina e na comercialização ilegal. Como estão as investigações? Tenho algumas pistas para você. Me dá retorno!

"Nossa desconfiança tinha sentido. O Detetive Lambreta, cuja foto nas redes sociais se apresenta com acessórios iguais aos de Sherlock Holmes (capa de gabardine, chapéu, algemas, lente de aumento e chaves) tinha o tino desenvolvido de investigador perspicaz e ávido em decifrar charadas. Com a informação que lhe passei, ter em mãos algumas pistas que poderão levá-lo a deslindar o enigma. São elas: #pessoas desaparecidas #Oriente #Ásia #santa itinerante #milagre #cabelos humanos"

I.F.

#casaCida

A casa de Aparecida Matta Meirelles está sendo arrumada para a celebração da chegada da imagem de Madona do Terço.

A decoração tinha muitas variações florais – entre elas, peônias e orquídeas e *bouganvilles*, que combinavam com o estilo clássico dos móveis. Velas suspensas e fitas coloridas em arranjos aéreos foram o carro-chefe do decorador. Ao fundo, um grande oratório ladeado por tocheiros e grandes arranjos de angélicas que perfumavam o ambiente.

Alma, a empregada, vai e vem, colocando a casa em ordem para o grande evento.

A campainha toca e Alma se desloca para abrir. Chega Deuza.

— Bom dia, Alma! Você pode chamar Dona Cida?

— Ih! Está de pé desde cedo, parece uma enceradeira antiga, de um lado para o outro, dando ordens o tempo inteiro. Já está há dias se organizando.

— Vem muita gente? — pergunta Deuza, intrigada.

— Para o evento? Vem sim! E a madona vai andar de casa em casa. Começando por Dona Cida, é claro.

— É verdade! Tudo começa aqui. É a base do comando! — as duas riem.

— O pior é saber qual é a próxima casa. As granfinas estão todas se engalfinhando. Mas como quem decide tudo é o Padre Dominguez, não adianta nada esse fuzuê. É ele quem escolhe aonde a santa vai se hospedar.

— Se hospedar?

— E onde a santa vai o padre vai atrás. Ele não a deixa sozinha em lugar nenhum. Não é a corda e a caçamba, é o padre e a santa. — Riem.

— Já sei, quem pagar mais, leva! — critica Deuza.

— Como sempre! Aqueles donativos, né?

— Topa tudo por dinheiro! — Riem muito.

— Vai, Alma, vai lá avisar que eu já cheguei. Hoje meu dia está cheio como sempre.

Cida surge, de robe longo esvoaçante, máscara rejuvenescedora no rosto, turbante de toalha na cabeça, falando ao celular, gesticulando sofisticadamente e dando ordens para Alma e Deuza, indicando que só fará as mãos e apressando-as para trazerem os apetrechos.

Continua falando ao telefone com a beata Maria Beatriz dos Raios, conhecida como Beá. Maria Beatriz é bem nascida, como dizem, mas seu ramo familiar está bem mal das finanças. Tem sempre sua garrafinha de bebida, que chama de pirandeira, e que esconde envolvida em um véu negro. É aparentemente fraca e puxa-saco. Adora um carteado, mas é trapaceira. Solteirona, rejeitou vários pretendentes porque não os achava à sua altura. Foi noiva de um oficial do exército que morreu de enfisema agudo. Aposentada do serviço público, é revoltada com a situação financeira em que se encontra agora, pois sua aposentadoria minguou. Mas recebe um percentual das casas de espetáculo que a família mantém.

A beata Beá tem um fogo incontrolável. É fogosa, sensual e livre. Aproveita a sua solteirice para poder se entregar com sofreguidão a quem lhe interessar. Suas escolhas não têm restrição de idade, raça ou credo.

Na cama é uma verdadeira fera. Seu gozo é alto e em bom tom. E expele com frequência um líquido, chamado de ejaculação feminina, proveniente do estímulo da glândula de Skene, que deixa os homens loucos. Mantêm até mais velha este fenômeno, caso raríssimo. Cansa rapidamente dos amantes. Se são carinhosos demais, se irrita; se são vorazes, não os tolera; se são grosseiros, não os suporta. Mas não deixa de desejar ardentemente o sexo oposto. Sua atração é dirigida aos mais jovens, talvez por se sentir experiente, dominando-os e os mantendo sob cabresto. Faz jus ao sobrenome Raios, porque quando cansa manda-os "aos raios que o partam". Porém, tem uma culpa horrível deste seu lado mundano e redime-se nas orações, no terço que usa como amuleto e nos goles do marafo que oculta sob o véu. Sua vida é cheia de subterfúgios e esconde um grande segredo das amigas, principalmente, da Cida.

Cida continua.

—...Impreterivelmente às cinco, querida...Depois das orações e da bênção de Padre Dominguez, vou oferecer um *cocktail*. O Embaixador de Porto de Lúmbia vem no cortejo da santa. Sim, sim, estou avisando a todo mundo, que amanhã, especialmente, os maridos e companheiros estão incluídos. Não, não estou mandando pelo zap não. É pelo telefone mesmo, mais direto! Eu que penso? Que nada! Ainda sou do tempo antigo! Conto com vocês, hein! — Vira-se para Deuza. — Oi, Deuza, nem falei direito com você!

Deuza já está com seu kit em prontidão.

— Está chegando o grande dia, não é, Dona Cida? A que horas é o desembarque?

— Madona do Terço chega ao aeroporto por volta das 17 horas e vem diretamente aqui para casa. Você sabe, Deuza, o prestígio da minha família diante da sociedade.

— É, Dona Cida, sua família tem muita tradição religiosa!

— Olha, só sendo muito religiosa mesmo, porque dá uma trabalheira... Já está o maior bochicho na cidade! Sinto tanta falta de Alex! É uma burocracia danada. Liga para Roma, para a Arquidiocese, fala com autoridades eclesiásticas de Porto de Lúmbia, fala com Père German, fala com o pároco... Ele era hábil neste assunto!

— Depois daqui vai para a casa de quem?

— Não sabemos ainda. É tanta exigência! E você sabe, não é? O Padre não larga a santa!

— Mas vale a pena, não é, Dona Cida?

— Deuza, o telefone não para! É gente confirmando a presença, gente se desculpando por não poder vir, até gente se convidando. Pessoas que eu não via há anos, ligando. Inventam as maiores desculpas, tipo: "Oi, querida há quantos séculos..." "Hoje sonhei com você orando no Monte Sinai..."

Pode? Quando é alguém que eu gosto, até chamo, mas se são aqueles oportunistas de quinta, eu nem atendo, quanto mais chamar para o coquetel da minha Santinha!...

— É verdade que a santa tem um terço pendurado nas mãos que é um escândalo? — sussurra Deuza curiosa.

— É! Fico preocupadíssima com o problema da segurança. Deuza, você não imagina que beleza de joia! Não tem preço! São esmeraldas gigantescas com brilhantes e alguns rubis. E os cabelos! São enormes, humanos e virgens!

— Cabelos enormes, humanos e virgens? Minha Nossa!

— Índia, vem da Índia!

Deuza se lembrando da encomenda.

— Falando em coisa de fora, a encomenda da senhora. Aquela seda...

Cida, interrompendo.

— Chiiiu! Não comente com ninguém que eu encomendo tecido lá de.....e boto minhas etiquetas estrangeiras. Fica um luxo! Todas elas dão o maior valor à griffe. Já pensou se amanhã comentam alguma coisa? Queima meu filme, total! Vão dizer que sou *fake*, falsa, bijou de camelô.

Deuza reage de imediato.

— Que bobagem, Dona Cida, vendo roupa para todo mundo. O Jorginho traz muita coisa para eu vender. Bolsa Chanel pra Dona Deia, lenço e perfume Dior pra Dona Lourdes, veludo de seda para Dona Blue. E olha que as roupas que elas usam estão toda hora na coluna social. Todas compram na minha mão. É tudo *fake*, mas nem parece! Também, pudera, pelo preço! E tem mais, o whisky que vocês bebem a maior parte é comprada na mão do Zelão, um companheirão especialista em trazer bebidas do Paraguai. Se fosse tão ordinário como vocês vivem dizendo, no lugar de chapéu, só se ia ver bacana com saco e gelo na cabeça.

— É, mas dizem que trazem tudo da Europa! — ironiza Cida. — Aliás, Deuza, hoje não vai dar para fazer a lista de encomenda, por causa dos preparativos para receber a imagem. Mas não me deixe esquecer de lhe entregar a relação do que quero que traga para o Natal.

Deuza, entretida no trabalho, comenta que o calo da mão direita da Dona Cida está muito vermelho.

Cida responde rapidamente.

— Deixa, minha filha, até maquia um pouquinho mais. É bom para o povo ver que eu rezo mesmo e mereço a vinda da Santinha! Ai, Meu Deus, mãos calejadas,... eu..., só mesmo em nome de Deus! É, mas pode até comentar com suas clientes que eu tenho um calinho devoto!

Deuza sorri, descrente. Cida chama Alma, que vem correndo.

— Alma, Alma, venha cá. Alma, não se esqueça da caixinha de donativos. Tem que ficar na porta. Por que quem se esquecer de contribuir na chegada, vai se lembrar na saída. E vai dar tempo para eu lembrar a todos.

O telefone toca pela décima vez. Alma atende e já vai despachar, porém Cida ouve o nome da pessoa da ligação e resolve atender. Conversa bastante e volta contando para Deuza quem era.

— Deuza, imagina você com quem eu estava falando. Com a Ester Agar Stein da Fonseca. Você se lembra da história deles? A família trabalhava no ramo de joias. O avô da Ester começou garimpando e comprando pequenas pedras e começou a se especializar nas montagens de joias. Desenvolveu um design próprio, recebendo inclusive o certificado de garantia internacional. O negócio deu certo e chegaram a ter várias lojas, passando de pai para filhos. Tornaram-se grandes ourives e montaram um *pool* de lojas que ficaram famosas. Eram muito chiques e viviam no avião para lá e para cá. Até que se envolveram em um caso que os levou à bancarrota.Venderam muita mercadoria valiosa sem nota fiscal para um tal governador, que deu o golpe no Estado. O escândalo veio à baila e eles se afundaram juntos, porque a quantidade de impostos sonegados que tiveram que pagar, com multas altíssimas, arruinou a todos. A multa é de duas a cinco vezes o valor do tributo.

— Eu me lembro bem! Eles tinham uma filha linda, a Eva. Ela e Ricardito brincavam juntos, frequentavam muito a casa da senhora. Não era ela que vocês faziam gosto de se casar com ele?

— Sim, era! Mas ele nunca se interessou! Só queria saber de coroa! Eu e Alex ficávamos indignados! Só namorava mulher mais velha.

— É verdade!

— Pois bem, a Eva estudou nos melhores colégios, frequentava clubes exclusivos e a alta sociedade. Era tratada como princesa, sem nenhuma vivência fora dos castelos da família. Teve um baque muito grande, ficando muito desgostosa e inconformada com a mudança de padrão. Começou a frequentar outros ambientes, sair à noite com pessoas fora de seu meio. Conheceu, então, um empresário que lhe ofereceu mundos e fundos para ser modelo no exterior. Como falava línguas e era uma moça muito fina, jovem e bonita, o contrato foi de dar inveja. Incluía passagem, hospedagem, e uma excelente quantia mensal. Como andava desgostosa com a situação atual, achou que seria uma grande saída para sua vida.

— Ela se deu bem? A senhora tem notícias dela?

— Aí é que está a complicação. Depois que chegou lá, entrou em contato com a família, dizendo que estava muito bem, muito feliz, que já tinha compromisso dentro de dois dias, que estava se organizando e que depois enviava endereço, telefone etc. Pois bem, já se vão quatro anos que ela partiu e ninguém sabe dela.

— Minha Santa Sara! E a mãe dela ligou agora por quê?

— Para me pedir permissão para participar do evento da chegada de nossa santinha. Que não se conforma com o sumiço da filha, que tem chorado até hoje, que a santa é milagrosa e que ela quer rezar muito e pedir misericórdia. Eu concordei, é claro!

— Que tristeza, Dona Cida! Ainda bem que a senhora vai recebê-la. Vai ser muito bom para ela.

— Fiquei muito penalizada! Sabe o que ela me disse? "Que todos os dias sente a vida escapando aos poucos como uma morte lenta, que vê tudo negro ao seu redor. Que não consegue nem se arrumar, que anda desleixada de tristeza." Coitada! Fiquei muito mexida! Sabe o que eu sugeri?

— Sim?

— Que você fosse dar um jeitinho nela. Além das unhas, arrume os cabelos. Acho que vai reanimá-la! Aqui está o telefone. Você marca e vai lá antes da festa. Ela adorou a ideia, pois disse que não sai de casa.

Deuza concorda, apesar da quantidade de afazeres e o curto espaço de tempo.

Sugere a Cida uma misturinha, que é mais no clima de receber santa. Cida aceita a sugestão e pede uma bem clarinha. Mas Deuza percebe algo estranho nas unhas de Dona Cida, como se fosse um aviso. Aquelas unhas pequenas e quadradas a intrigam há algum tempo, mas combinam com sua personalidade e espírito de liderança. O esmalte não fixa e ela tenta pintar várias vezes. Cida se irrita com o fato e resolve deixar só na base.

— Deuza, deixa só na base. Está tudo bem! Eu estou agoniada e ansiosa, aí as coisas se atrapalham, minha filha. Além do mais, já te dei tanta tarefa que nem sei se você vai dar conta.

"Nossa investigação tomava rumo. No rastreamento, feito pelo detetive Lambreta, da teia de relações mantidas pelos traficantes, a polícia estava prestes a chegar a um nome apontado como o elo entre os grupos internacionais, principalmente relacionado ao desaparecimento de pessoas. Esta notícia nos abre uma frente interessante de pesquisa e averiguação dos fatos."

I.F

""Na ponta brasileira da trama, até agora, a Polícia Federal já identificou três grupos especializados no tráfico de produtos falsificados, que estavam incluídos em outros contrabandos considerados bem piores""

Jornal *O Amanhecer*, sábado, 9 de julho

#casajornalista

O mês de novembro chegava impetuoso, trazendo consigo o ar abafado e calcinante da proximidade precoce do verão, depois de alguns meses agradáveis de brisa frouxa. O amanhecer prematuro resgata da penumbra os esquecidos e, aos poucos, os matizes se definem, revelando um fio de esperança. A música clássica ressoa no ambiente matinal, propícia àquele momento melancólico.

Ismael Fernandes, em seu confinamento, passava longas horas do dia olhando a paisagem que se descortinava pelo enquadramento da janela e sentia na alma o desconforto de sua mutilação. Mirava ansioso a luz clara e azulada da paisagem marinha, apesar da distância, e sentia o aroma fresco do mar penetrando no ambiente. Atrás de um físico que ninguém mais se interessaria, nem ele próprio, observava o movimento das gaivotas que, como um exército, se enfileiravam no ar, ordenadas em uma formação em V, emanando segurança, rapidez e confiança.

Suas lembranças o remetem à vida que levava com a mulher, os passeios, as viagens, os lugares distantes que visitara. Suas recordações o faziam viver intensamente estes momentos, entregando-se às profundezas da memória de um passado relativamente presente.

Perdera prematuramente aquela mulher, com quem vivera anos de boa convivência e carinho, de uma doença invisível que a consumiu em poucos meses. O ser humano não está preparado para a perda, para a morte. Saber que aquele ser presente se tornará uma ausência sem volta é doloroso demais. Dói arrancar de dentro de nós os afetos que tomam conta de nossas entranhas. Cada um tem o seu lugar nas nossas lembranças e recordações, ora nostálgicas, ora esfuziantes.

Entregou-se ao trabalho vorazmente até ser atingido e capturado. No cárcere, em recuperação, sofreu a revolta dos encarcerados e tentava descarregar sobre o alheio uma culpa que era só sua. Metera-se com o que não estava preparado, ao invés de se conformar com o seu talento de jornalista.

Agora, entregava-se a ouvir as estórias mirabolantes de Deuza, que surgira em sua vida como um pássaro esvoaçante e rápido, com a suavidade e delicadeza de um beija-flor. Dedicava-se a descobrir os mistérios de sua clientela, onde borbulhava um manancial de acontecimentos e situações extravagantes e frívolas. Era um tema fascinante e cumpriria com a promessa, que fizera a si mesmo, de escrever um livro sobre aquele mundo fútil, vazio e hipócrita, encoberto pela religiosidade e cheio de artimanhas e mistérios. Mas antes era preciso desvendar o universo oculto que o envolvia.

Em seu colo descansavam os livros de Agatha Christie, Georges Simenon, os Magazines de Ellery Queen, além das obras de Leonardo Padura e Luiz Alfredo Garcia Rosa, entre outros.

Foi interrompido pela chegada alegre e determinada de Deuza, que vinha cheia de novidades, contando "tim-tim por tim-tim, de mãos beijadas e aos pés da cruz", todos os detalhes da festa. Comentando inclusive o espanto das outras clientes que estiveram presentes.

— Sr. Ismael, o senhor não faz ideia do que foi a festa na casa de Dona Arcanja Leão Cordeiro da Villa.

Depois de uma narrativa minuciosa, ele a esclarece de onde vem o dinheiro de Arcanja. Mas pede para ela deixar quieto e não comentar com as outras.

— A fortuna deles é oriunda do jogo do bicho. Este jogo é uma bolsa ilegal de apostas em números que representam animais. É um negócio ilícito que movimenta fortunas e, geralmente, a banca, como é chamada, passa de pai para filho.

— Ah! Então é por isto aquela casa, ou melhor, aquele castelo cheio de bichos! A casa que eles moram não é assim não. Dona Arcanja me disse que o castelo é só para festas, recepções e eventos especiais.

— A banca do Chico, como eles falam, é uma das mais fortes do município e localiza-se na a zona oeste da cidade. Ele herdou do pai que, por sua vez, herdou do avô. Eles deixam testamento passando a herança ilegal para os herdeiros e é registrado em cartório. Muitas vezes, a divisão do império ilícito dá muita briga entre os familiares.

— Bem que vi algo estranho nas unhas dela. Eram de águia! Deuza pensa alto.

— Como assim, Deuza?

Ela desconversa.

— Ué! Jogo aqui não é ilegal?

— Sim, é! Mas neste país, quando os interesses dos poderosos são maiores que a lei, vigora a lei da contravenção. O Chico é um homem respeitado por todos, não só pelo poder financeiro, mas também político, pois apoia e financia campanhas eleitorais. Adora carnaval! É o patrono de sua escola, que não sai do grupo especial, mesmo que esteja fraquinha, o que ocorre raramente.

— Como surgiu o jogo do bicho? Alguém do jardim zoológico?

— Exatamente! Vamos ver na internet! Aqui está a história! Vejamos... O jogo do bicho foi inventado em 1892, pelo barão João Batista Viana Drummond,_fundador do Jardim Zoológico do Rio de Janeiro. Para atrair público ao jardim, o barão decidiu estipular um prêmio em dinheiro ao portador do bilhete de entrada que tivesse a figura do animal do dia, o qual era escolhido entre os 25 animais do zoológico e passava o dia inteiro encoberto com um pano. O pano somente era retirado no final do dia, revelando o animal escolhido.

— Que hilário! — comenta Deuza.

Ismael continua.

— Posteriormente, os animais foram associados a séries numéricas da loteria e o jogo passou a ser praticado largamente fora do zoológico, a ponto de transformar a capital da república (de 1889 a 1960) na «capital do jogo do bicho».

— E por que foi proibido?

— Em 1946, o presidente Eurico Gaspar Dutra assinou um decreto-lei, ordenando o fim dos jogos, pressionado pela primeira dama Santinha Dutra. Mas apesar disso, é praticado em larga escala nas ruas das principais cidades do Brasil, não obstante ser considerado uma contravenção pela legislação penal brasileira.

— Ainda bem que a família da Dona Cida tem dinheiro honesto, senão eu estaria metida em um antro — comenta assustada Deuza.

— Você sabe de onde vem o dinheiro dela, Deuza?

— Ué, o marido dela era um empresário...

— Há empresários e empresários, Deuza. Os negócios do marido dela tinham a aparência de serem honestos, mas o que rende mesmo são negócios escusos. Como diz Agatha Christie: "As pessoas que mais nos prejudicam são aquelas que nos ocultam a verdade."

— Mas não é possível, Senhor Fernandes. Eles são tão religiosos, tão conservadores, tão, tão honestos! Ela ainda herdou da família dela!

— Dinheiro acaba, Deuza, ainda mais quando se gasta muito e é mal administrado. Mas como eu ainda não tenho todas as informações que necessito em mãos, não vamos mais falar do que não temos absoluta certeza.

— Senhor Fernandes! O senhor é um detetive de primeira categoria!

— Você ainda não viu nada! Agora que tenho mais tempo para apurar minhas pesquisas, vou vasculhar muitas coisas que estão me intrigando!

— Eu preciso ir à farmácia comprar seus remédios e já volto. Não demoro, é só atravessar a praça.

Volta deprimida e choramingando. Senta-se na cadeira ao lado do Senhor Fernandes e comenta arrasada.

— O senhor não vai acreditar! Acabo de ser assaltada na esquina perto da farmácia. Levaram todo o meu dinheiro da semana. Não tive tempo de depositar. Ainda bem que havia deixado o celular aqui. Trabalhei como uma mula e aqueles pilantras, vagabundos, me roubaram. — Chora desesperada.

— Calma, Deuza, você recupera. Ainda bem que não te machucaram!

Chorando.

— Recupera como? Pobre devia morrer cedo! Antes tivessem me matado!

— Calma, Deuza! Não exagera! Você tem onde morar. Tem uma ótima clientela. Ganha direitinho. Consegue dar uma boa educação a seu filho. É certo que trabalha muito, mas consegue ter suas coisas. Já está comprando o seu carrinho...

— Pois é! Mas eu preciso guardar dinheiro para a minha velhice. Já pensou? A gente trabalha que nem loucos enquanto tem força. E depois? — chorando —_Quando envelhece ou adoece é melhor morrer! Vai viver como? O pior é que nem para enterrar tem condição! Devia tomar uma bolinha e dulf! Outro mundo!

— Do outro mundo é a realidade da vida dessas caridosas. Especialmente a tal da Cida. Você tem sua espiritualidade, fixe-se nela que tudo vai se arranjar.

— E os convites para o show do Capelas, Meu Deus! Não, não acredito, não é possível! Roubaram também! Isto é que é o pior! Como vou fazer? Ai, minha Santa Sara, me ajude!

— Calma, Deuza!

— Minha santa Sara! Estou aqui me lamentando e nem contei o que realmente ocorreu: Eu estava justamente atravessando a praça, quando uma nuvem de pivetes totalmente enlouquecidos e virados da noite anterior, excitados e furiosos, armados de pau e pedra, começaram a agredir todos que passavam pelo seu caminho, gritando urros de guerra, além de roubarem o que encontravam. Ninguém conseguiu reagir. Por sorte, quando percebi, pulei para trás do banco da praça e ali me protegi até o arrastão passar, para não ser agredida, mas já tinham me levado tudo. Um deles chegou perto de mim arrancou minha bolsa e falou cinicamente.

— Perdeu!

Os agressores deram muita pancada em todos, velhos, babás, senhoras recém chegadas de suas caminhadas. Até ciclistas desprevenidos foram assaltados. Só não bateram nas crianças porque já choravam desesperadas. A polícia chegou junto com a ambulância e o corpo de bombeiros ao campo de guerra, encontrando todos muito feridos. Alguns desmaiados com sérios ferimentos.

Percebi que muitos idosos estavam sem documentos, pois saíram para uma atividade matinal não muito prolongada, e não tinham como avisar aos familiares para onde foram levados.

Os celulares foram roubados e eles não lembravam o número de um telefone de contato. Todos em estado de choque! Alguns atordoados, em consequência das pauladas na cabeça, não lembravam sequer seus nomes.

Fernandes escutava atento e, assustado com a narração de Deuza, comentou:

— Você chegou aqui atordoada com razão. Passou por momentos terríveis. Um verdadeiro caos urbano.

— O idoso no meio da multidão não tem vez! Torna-se ainda mais vulnerável! Não existe proteção para eles! Viram sombras, sem nome, sem documento, e até podem nunca mais ser encontrados pela família — comenta Deuza, já mais calma.

Ismael continua.

— Nas grandes metrópoles podemos ser vítimas a qualquer momento, porque algozes é o que não faltam. Nós, os deficientes, não podemos sair sozinhos, outro dia assaltaram um cadeirante! Poderiam fazer áreas demarcadas nas praças, porque são como crianças, não conseguem se defender, tropeçam e bumba. É difícil se levantarem sozinhos! Se tivesse uma superfície homogênea, plana, antiderrapante, já ajudava.

E complementa Deuza:

— Pelo contrário, só buracos para tropeçar! Uma coisa aprendi. Nunca sair de casa sem xerox de documentos, endereço e um contato telefônico ou então, colocar uma pulseirinha com nome e telefone como neném em berçário, ou ainda usar um crachá!

Ismael ri das propostas de Deuza. E acha ótima ideia.

"A princípio o Detetive Lambreta especulou sobre a possibilidade do enigma que envolvia este grupo ser o jogo do bicho, justamente pela aproximação de Arcanja e seu desejo ardente de participar dos encontros do terço. Depois, ele percebeu que eram situações independentes. Começou, então, a desviar as atenções para o desaparecimento das pessoas sem deixar vestígios. Focando o empresário Alex Matta Meirelles ." I.F.

""Descoberta por investigadores internacionais, as rotas utilizadas pelos traficantes para o escoamento de contrabando de pessoas no norte e noroeste do país em fronteiras pouco policiadas.""

Jornal O *amanhecer*, sexta-feira, 15 de agosto.

#casaCorisco

Deuza vai para a casa de Ângela Lopes Corisco. Enquanto espera, ouve um papo bastante esquisito de Ângela com alguém muito poderoso e ameaçador, mas naquele momento não dá muita atenção, pois está envolvida com seus problemas.

Ângela Lopes Corisco ao telefone.

—Não, não senhor! Na conta não entrou ainda nada... absoluta certeza, estive no banco ainda agora, pessoalmente, é claro. Falei com Leôncio, o nosso gerente. Mas como eu posso fazer a transferência para o senhor, se não entrou nada na conta? Senhor Arquimedes, ouça, o combinado foi que quando... fosse liberado, e diga-se de passagem, o senhor sabe o quanto me empenhei para isso..., não, não, vou tirar da conta da Casa Sta Mar... e da instituição filantrópica PRÓ CARENTE, não! Não tem nada a ver com isso... O senhor está me pressionando? Ou é impressão minha? Escute, eu não sei de nada, só estou fazendo o que Dona Cida me pediu, ouviu, dona Cida! Sei, sei, sei. Está bem! Passe bem... ah é? Eu também acho que o senhor deveria ter feito a negociação por fora. A encomenda deveria ter vindo com portador.

Entra subitamente na sala, nervosa e irritada. Não cumprimenta Deuza, estende a mão para que ela comece a fazer as unhas.

Deuza faz as unhas nervosamente. Não sabe como falar sobre os ingressos. Percebe que não é o momento! Arranca um bife de Corisco. Ela urra! Dá um grito desesperado e enfia um bombom na boca.

Deuza, no final das unhas, tenta falar dos ingressos, mas não tem coragem, gagueja.

— Dr. Corisco, oh, Sra. Dona Ângela, eu...

Ângela Lopes Corisco, assustada.

— Que é isso, Deuza? Ficou gaga? Quer? —oferece rapidinho bombons a Deuza.

Deuza enche a boca com o bombom, se engasga e tem um ataque de riso de nervoso, não consegue falar mais nada. Sai de lá correndo, percebendo que seu instinto lhe sopra que não é hora de falar no assunto.

#casaArcanja

Deuza entra desesperada na casa de Arcanja.

— Dona Arcanja, estou desesperada! Fui assaltada! Na verdade, fui vítima de um arrastão! Levaram tudo! Inclusive os convites do show do Capelas que eu estava vendendo para ajudar a Dona Ângela. Não tenho como pagar!

— Os meus também? — pergunta Arcanja, perplexa.

— Sim, todos! — Deuza balança a cabeça concordando. — Estou sem dormir, pensando como resolver o assunto. Já pensei até em vender meu equipamento de manicure. Mas não vale nada! E é só o que tenho, além de uns míseros trocados na caderneta.

Arcanja, acalmando Deuza:

— Olhe, Deuza, a gente dá um jeito, desde que você descole outros 25 para mim. Eu pago duplo, dobro, quadra, terno, dinheiro para mim não é pobrema, ou melhor prrroblema. O negócio é estar nesta parada, e numa mesa enorme de gargarejo.

Deuza, boquiaberta, exclama.

— Nossa, Dona Arcanja, eu não sei como lhe agradecer! Vou lhe conseguir a melhor mesa.

— Nós somos muito gratos aos que nos ajudam. Nossos problemas são com os que atrapalham os pontos, os que se metem no caminho. Esses têm que se virar com Seu Sete Tranca Rua. Os que abrem caminho têm tudo!

Deuza olha confusa.

—Como é Dona Arcanja?

— Eu tô dizendo que você me ajudou e eu ajudo você. É isso, Deuza, só isso!

— Não se preocupe, Dona Arcanja, eu consigo quantos a senhora quiser.

Quanto aos que eu fui roubada, vou lhe pagando com serviços. A senhora vai descontando até chegar no numerário.

— Vai trabalhar de graça agora, é, Deuza? Você vai passar a vida para me pagar. Mais ou menos uns duzentos anos. Eu vou virar um hipopótamo na sua vida. Já tenho bicho demais no meu caminho. Esquece o assunto! Quantos convites você perdeu? Eu pago tudo se você arranjar a melhor mesa para mim e está tudo quina. Não se fala mais nisso! Oka?

— Está bem, Dona Arcanja, eu vou conseguir a melhor mesa para a senhora. Eu lhe agradeço muito, muito mesmo.

—Quer saber de uma, Deuza? Demorou... Pegue um convite também para você. Você vai comigo tanto no show, quanto na carreata. Tá decidido e não se fala mais nisso.

— Ah! Dona Arcanja! Fico muito contente, chego a me emocionar com seu convite.

"Eu e o detetive Lambreta resolvemos nos enveredar pelas investigações das diferentes causas de desaparecimento de pessoas. E como diz o Lambreta, que é repleto de frases feitas: "O crime tem pernas longas e os que entram em seus meandros não conseguem mais sair. Mas como a mentira tem pernas curtas, sempre que se refina uma investigação, descobre-se a engrenagem inteira."

I.F.

"Dados apontam que mais de 200 mil desaparecem no país pelos mais variados motivos, desde problemas com alcoolismo ou drogas, fuga de um lar onde há agressão, até casos de sequestro e tráfico de seres humanos. Tráfico humano envolve adoção ilegal, trabalho escravo, exploração sexual e venda de órgãos e tecidos."

Jornal *O Amanhecer*, sexta feira, 10 de abril.

#festa

A festa de recepção à Madona do Terço começa bem animada. O *cocktail* já está esquentando. Todos os convidados beliscando e esperando ansiosos a chegada da santa. Já em cena algumas autoridades. Muitos canapés, rapapés e trocas de gentilezas. A decoração é elogiada por todos. As convidadas, estilosamente vestidas, perambulam de um lado para outro, fazendo *lobby* a torto e à direita. Um jogo social caricato, ultrapassando os limites do natural. Ricardito sai apressado para o aeroporto para receber a imagem. Padre Dominguez fica na casa fazendo companhia a Cida, que está impecável, com vestido de seda pura assinado por *B. des Champ.*

A mesa, muito bem arrumada, no centro um belíssimo arranjo de rosas colombianas em uma fruteira de prata art déco e, em cada canto, pequenas cumbucas de porcelana Rosenthal com velas acesas flutuantes. O aparelho de chá da mesma origem, talheres de prata de lei, assim como as bandejas com pegadores em formato de coroa. Doces variados, mini *brownies*, bem-casados, *petit fours*, todos lindamente embalados.

Na cozinha Alma e Deuza, todas paramentadas de uniforme de luxo, preparam as bandejas conversando alegremente. Deuza se delicia com o arranjo de cabeça em renda que lhe coube.

Alma conta as estórias da sua terra natal, no nordeste do país.

— Antes, os homens migravam de vários cantos em busca da esperança, sonhando em trabalhar nos garimpos do interior ou nas cidades grandes, na construção civil, como porteiro em prédio de bacana, e até chofer ou garçons. Mas a coisa mudou, a oferta ficou bem menor que a procura, e o desemprego aumentou para estes homens que deixavam para trás mulher e muitos filhos, fugindo da seca ou do parco salário. A maioria analfabeto ou semi-analfabeto.

— Você esteve lá recentemente? — pergunta Deuza.

— Sim, sim, fui agora, nas férias, depois de dois anos que eu não ia lá. Encontrei o pequeno lugarejo animadíssimo. O pessoal foi para o Rio de Janeiro e São Paulo, voltou para lá, de férias, e chegou à cidade esbanjando. Eu os encontrei carregados de pulseiras, anel e corrente de ouro, roupa chique de marca falsa de camelô. Os bailes *funks* são a novidade, e a cidade, antes pacata, estava em polvorosa. Viraram atração local!

— Como assim? Como isso reverteu? — pergunta Deuza.

— Pois é, Deuza! Todos envolvidos no tráfico de drogas. Dinheiro fácil, armas na mão, enriquecimento rápido, podres poderes. E o pior, vão levando para o mesmo caminho os irmãos menores, primos, sobrinhos. Vão morrendo e eles vão substituindo. Não tem fim, ou melhor, não vai ter fim.

— Mas é muito ruim e arriscado! — comenta indignada.

— Risco de vida? Que risco? Eles já vivem no limite entre a miséria e a morte e a probabilidade de não terem o que comer no dia seguinte! Para eles vale a pena viver menos e poder esbanjar, do que viver muito e na miséria!

— Minha Santa Sara! O que está acontecendo com este país?

— Sabe qual o resultado? O resultado é a formação de um exército de mulheres abandonadas e grávidas, que de uma hora para outra param de receber o dinheiro do mês e percebem que enviuvaram sem se casar! Se prostituem, abandonam as crianças ao léu, e tentam sobreviver já inutilizadas, gastas, desmoralizadas porque caíram nas graças dos traficantes. A maioria destes meninos cresce ao Deus dará e se torna marginal. Sorte daqueles que conseguem se envolver em um programa social e se transformam.

No fundo, uma musiquinha que é interrompida por uma notícia:

"E atenção: Acaba de ser registrado por um canal de TV, um fanático chutando a imagem de Nossa Senhora, na saída do

aeroporto internacional. Hoje é um dia santo e todos os fiéis estão oferecendo suas orações e cumprindo suas promessas. A santa estava sendo esperada na casa da tradicional família Matta Meirelles. Mais notícias sobre o chute da imagem no próximo noticiário."

As duas se entreolham e ficam agoniadas para contar o que acabaram de ouvir. Mas o acesso delas é restrito à copa. Tem que arranjar um jeito de falar com Dona Cida.

— Santo Cristo, por que fizeram isto? — comenta Alma. Eu, por exemplo, não acredito em santos. Mas, daí a chutar? Isso é coisa de gente doente.

— Fanatismo é um horror, ainda mais religioso! —comenta Deuza.

— O que é isso?

— São pessoas que têm intolerância em relação às outras crenças religiosas. O pior é que, em nome da religião que escolhem, são capazes de tudo. De morrer e de matar em nome de algo que não sabem nem o que significa direito.

— Ah, sei! Existem crenças, inclusive, que exigem 10% do que ganham os pobres dos fiéis. Eles se sentem ameaçados e se esfolam para cumprir com as exigências da igreja. Eu pertenço a uma seita que valoriza a natureza. Estas coisas esquisitas não fazem parte de nossa fé — acrescenta Alma.

Enquanto falam sobre o assunto, entra afobado o copeiro Serafim com a informação de que todos já sabem do ocorrido. Elas ficam aliviadas e continuam a conversa.

— Dar dinheiro para Deus? Deus não precisa de dinheiro! Eu não acho isso bom não! Pode dar, espontaneamente, uma moedinha ou um trocadinho! Juntando acaba dando uma boa quantia para as pequenas obras da igreja ou ajudar alguma comunidade carente. Dar 10% do que se ganha é muito.

O copeiro interfere.

— Vocês não lembram daquele caso da lavadeira?

— Ora, Serafim, não inventa! — fala Alma.

— Eu não estou inventando nada. Foi a Jovelina que ateou fogo às vestes e morreu queimada, porque exigiam dela cada vez mais dinheiro. Ela começou a ficar fraca da cabeça depois que entrou para aquela religião. Tinha um cara que se dizia enviado de Deus, que ensinava sacrifícios e pedia doações para purificar a alma e alcançar graças. Eles fazem assim:

Sério, em tom de deboche.

— "Vou chamar aqui na frente três pessoas: o pai, o filho, o neto e eles darão R$200,00 para nossa casa. Agora vou chamar dois vizinhos e eles vão dar R$150,00 para nossa obra. Mas como nem todos ainda receberam a sorte grande vinda do além, e temos ainda entre nós muitos fiéis pobres, vou diminuir a doação para, R$50,00 e R$ 20,00 R$ 10,00. Menos do que isto é ofensa. Não se esqueçam, estamos de olho em vocês! Quem tem e não dá, no inferno vai parar! Se sacrifiquem, ofereçam mais, vocês serão recompensados... de coração, mais, mais, mais..."

Deuza acrescenta!

— Ainda inventam várias Campanhas: "A Campanha de Isaac, de Abraão de Moisés, dos novos bancos da igreja", todos têm que dar donativos e nunca sabem bem para quê.

— Nós aqui falando mal e lá na sala os convidados estão chocados com a notícia. Todos estão acompanhando pelo celular. O Seu Ricardo Augusto está muito tenso! Preciso ver se ele precisa de algo — comenta Serafim.

— Você puxa bem o saco dele, não é Serafim? — debocha Alma.

— Claro! Sou seu homem de confiança! E você não fica atrás com Dona Aparecida! Lambe o chão que ela pisa! — responde veemente o copeiro.

Na sala da casa um alvoroço. Cida desesperada e preocupada com a repercussão do nome de sua família na boca do povo.

— Olha o noticiário de novo! — exclama assustada.

"A agressão da imagem de Madona do Terço pelo pastor Von Simon é destaque nos principais canais de todo o mundo."

"A imagem foi chutada violentamente e milagrosamente não quebrou. Na confusão desaparece um valioso terço. A imagem tem quase dois metros de altura. A santa estava sendo esperada na casa de uma tradicional família. Arrancaram-lhe os cabelos, que eram de origem humana. O pastor foi preso e seus seguidores estão criando tumulto na porta da delegacia."

O Padre Dominguez sai apressado. Tirando o celular do bolso, começa a ligar, insistentemente, para alguém, mas tem dificuldade de ser atendido. Entra no carro e continua tentando. Finalmente, consegue se comunicar com quem desejava. Toma nota de um endereço e sai arrastando pneus. Padre Dominguez chega ao local combinado para onde levaram a santa. Fica revoltado com a situação e reclama muito por ter ficado esperando na casa de Dona Aparecida, em vez de ir ao aeroporto. Mas, afinal, tinham outras autoridades responsáveis no local e ele não deve se expor muito em público.

Comenta raivoso:

— Aquele pastor desalmado não sabe aonde está se metendo!

Cida está chocada e percebe que tem que agir.

— Gente, acabou a festa!!!! Não tem clima para continuar. — As pessoas se despedem e só ficam as mais íntimas. — Venham meninas, vamos orar.

Quando finalizam a oração, Cida comenta.

— Temos que fazer alguma coisa. Afinal a santa vinha para a minha casa. Que situação! E ainda por cima sumiu o terço que vale uma fortuna. Uma verdadeira relíquia. Ainda bem que foi antes de chegar aqui.

— Com a Graça de Deus a imagem não quebrou — comenta Maria Beatriz.

— Arrancaram os cabelos! Eram humanos! Valem uma fortuna! — comenta Corisco com um prato de bolo na mão, prestes a se servir.

O pessoal na copa resolve se divertir e canta:

"Queima o demônio, queima! Tira de mim todo o mal! Tira, tira, tira..." —todos batem o pé, pisoteando algo ruim...

PARTE III
FONTES E PISTAS

#descoberta

Ismael Fernandes está sentado na cadeira de rodas, lendo Agatha Christie. Deuza chega em casa depois de longo dia de trabalho. Cida estava atrás de Deuza, pois precisava da encomenda para aquele dia. Ela já a tinha procurado várias vezes e deixado recado na casa dele.

— Deuza, Cida Matta Meirelles está atrás de você. Precisa que você leve a encomenda dela hoje!

— Ué! Ela tinha me pedido para levar amanhã quando eu fosse fazer as unhas. Eu deixei o celular em casa carregando, por isso ela não me achou.

— Mudança de planos, querida! Ligue para ela logo para dar tempo de levar.

— O senhor não pode imaginar o que tem ocorrido naquela casa. Um movimento de doido. Eles disfarçam, mas a gente está lá dentro, sabe como é, né? Participa de toda agitação. Não deixam nem os empregados atenderem ao telefone. Tudo soa a mistério. O povo lá está numa tensão que só vendo... Tudo foi suspenso. O foco agora é no show!

— Este show está me parecendo uma forma de desviar a atenção do roubo do terço.

— Não, este show sempre foi planejado para reforçar a fé, mas depois do chute da santa e desaparecimento do terço, também vai servir de protesto contra, como dizem elas, o cerceamento da liberdade de culto. Do mesmo jeito que organizaram a carreata pela paz. Mas que agora foi suspensa, por motivos óbvios.

— Não sei não, Deuza, não se esqueça de que sou um jornalista e que fico de olho na notícia, e o que tem por trás dela. Você bem que podia me ajudar a tirar esta história a limpo.

Deuza o olha preocupada. Mas confia nele plenamente e sabe que é a melhor pessoa para destrinchar os mistérios que envolvem o grupo de beatas.

— Bom, vou na edícula pegar o celular e ligo para ela pelo caminho.

— Cuidado com isso de falar no celular pelo caminho! Os bandidos passam de bicicleta e arrancam os celulares. E eles ainda gritam! Perdeu!

— É melhor eu deixar, então. Já está tarde e já que está me procurando, vou levar só a encomenda.

Deuza, correta e cumpridora das promessas que fazia, sai apressada. Sentia zumbidos nos ouvidos como se fosse uma conversa, mas a pressa não a permitiu se concentrar, apesar de pressentir que teria que chegar logo ao seu destino. Chegando à casa, toca a campainha várias vezes, sem êxito. Percebe que os empregados não estavam. Insiste! Nada! Como já havia morado lá, conhecia outras alternativas de entrada, dirigiu-se à passagem dos fundos que dava no anexo, onde ocorriam as reuniões com o Padre Dominguez. Ao se aproximar, ouviu vozes que se perdiam na brisa fresca da primavera. Apesar da sinfonia frenética e estridente das cigarras, apurou seus ouvidos de cigana que conseguiram captar e distinguir ser uma discussão entre Cida e o filho, Ricardito. Ainda que tenha convivido anos naquela casa, nunca havia percebido algum mal-estar entre ambos. No entanto, era verdade que após o sumiço de Dr. Alex, o ambiente estava meio esquisito. Para não atrapalhar, ficou no jardim esperando os ânimos se acalmarem. Mas a conversa tomou outro rumo.

— Esta situação está me enlouquecendo! Só consigo dormir com remédio e, no dia seguinte, fico zonza, porque vou aumentando a dose para dormir em paz.

— Mãe! Não faça isto! Você vai ficar em estado de letargia e viciada!

— Logo eu, filha de Leonor e Aparício, dos Albuquerque e dos Pereira de Souza e Melo! Criada a pão de Ló!

— Você pode fazer o que quer, pode viajar para onde quiser, receber as santas de sua devoção, ter seus encontros semanais com suas amigas...

— Aquelas chatas? Eu só mantenho isto tudo pelas aparências! Eu não as suporto! Agora, então, que entrou uma alpinista social de baixo nível! Está difícil de aturar! Cafona e podre de rica! O dinheiro agora vai para mãos erradas. Não vê estes políticos aí?

— Mas a Beá é legal, mãe! Eu gosto dela!

— Mas você sempre gostou de coroa e aquela é uma falsa beata! Que só se lamenta com expressões religiosas? Usando os santos nomes em vão!

— Que horror, mãe!

— São todas iguais, meu filho! A tal da Ângela Lopes Corisco só pensa em comer e ir para o SPA; a outra vaidosa, besta que só, a Victoria Bleu Blue fala imitando o sotaque francês e inglês. Está ficando seca de magra, uma passa, toda enrugada e não para de se plastificar. Todas fantasiam ser damas da alta sociedade e todas têm passados suspeitos.

— Não concordo com você e seu pai nestes mecanismos escusos — reclama Cida.

— Calada, mãe! Não fale de papai!

— Calma, Ricardito! Não tem ninguém em casa! Dispensei todos os criados para podermos conversar em paz. Seu pai não vale é nada! Todo posudo e apronta uma destas!

— Para todos os efeitos, ele está morto! Bem que ele me disse para não contar nada para você. Mas não tinha como agir sem a sua cumplicidade!

Deuza apura os ouvidos e quase tem uma síncope. Não morreu! Doutor Alex está vivo!

— Cumplicidade, imagina onde me meteram! Eu acho isto tudo uma canalhice! Eu virei viúva de marido vivo! Ainda vamos acabar todos na cadeia. Aliás, eu vou negar a vida toda! Eu não sei de nada! E vocês vão me apoiar. Imagina eu membro da máfia!

— Você sabe, mãe, que existe o código de silêncio. O *omertà,* que os mafiosos se impõem e o papai se tornou o *Uomo donore* (homem de honra). Se for necessário, ele se entrega em seu lugar.

— Duvido! Fugitivo, no Oriente Médio, Ásia? Depois de tudo que passou para morrer e viver de novo! Aquele ambicioso! Vou apodrecer na cadeia! Mas eu também não quero saber de detalhes. Minha parte são os cabelos. Até aí eu e o Padre Dominguez cumprimos o trato, mas de que jeito vocês conseguem os cabelos, isto não quero saber de jeito algum.

— O Padre me preocupa! Pode ter uma crise de consciência perante o criador e abrir a boca — comenta incrédulo Ricardo Augusto.

—Você não sabe que ele não é padre coisíssima nenhuma! Armou todo o esquema. Já chegou com a trama armada. Seu pai articulou tudo. O outro, o verdadeiro, que mantiveram no cativeiro até ele entrar em um acordo, está livre do celibato. Hoje vive rodeado de mulheres e ainda recebe a côngrua, remuneração mensal da igreja, que lhe repassam. A única coisa que faz, atualmente, é orientar o Dominguez para ele cumprir direitinho as funções do sacerdócio em seu lugar. E o Dominguez se deu bem porque recebe uma grana do contrabando.

— Papai é um gênio! Bolou tudo direitinho! —comenta orgulhoso o filho.

Deuza fica paralisada.

— Você acha que eu aprovo tudo isto? Minha casa virou um antro de banditismo.

— Mãe, o papai fez isto tudo pelo nosso bem. Eu não posso reclamar de nada. Depois que me separei da jararaca da Telma, tenho uma vida de solteiro bem abastada e ainda curto minha coleção de carros antigos, fazendo exposições onde quero. Mas não vou aguentar se descobrirem. Morro de vergonha! A sociedade vai cair em cima da gente. Tenho momentos de depressão e pânico só em pensar nisso — comenta Ricardito.

— Meu filho, você realmente não tem estrutura para essas bandalhas de seu pai. Nunca deveria ter participado desta tramoia. Cuide bem do caixa e fique na sua.

Deuza escuta tudo e custa a se recompor. Descobre, assim, o grande mistério que envolvia a casa de sua protetora. Aquele mundo que a acolheu e que ela tanto admirava e devia moralmente, por sua ascensão social, era falso! Nervosa, dá a volta em torno da casa e vai pela frente insistindo na campainha. Cida abre esbaforida a porta, reclamando porque tinha mandado os dois empregados saírem. Ela entrega tudo e sai correndo apavorada.

— Estou morrendo de pressa, Dona Cida. Depois me diz se está tudo direitinho.

— Certo, Deuza, certo!

Deuza, desnorteada, passa dias e dias sentindo uma tristeza profunda diante da decepção que sofreu, penetrando no íntimo daquela família que a havia acolhido e da mulher que acreditava ser quase uma santa. Chora lágrimas de desconsolo.

Seus sonhos trazem momentos de aflição e perigo. Sentiu o calor do caldeirão borbulhante que jorrava sangue e emanava o fedor da podridão de unhas que pegavam fogo e flutuavam pelo ambiente. São os sinais do perigo eminente. Pressente, claramente, que está envolvida em uma tramoia e se sente perdida. Passou alguns dias matutando tudo aquilo.

Até que resolve contar a Ismael Fernandez o que havia escutado.

Ele fica perplexo e ambos chegam à conclusão de que têm que pesquisar, muito bem, antes de fazer qualquer denúncia. Pede a Deuza para continuar frequentando a casa com bastante discrição e observar qualquer movimento suspeito.

O jornalista investigador estava muito curioso com as estórias que Deuza contava. Ele pressentia algo de estranho naquele excesso de religiosidade e em alguns outros fatos que cercavam a família Matta Meirelles. Já vinha pesquisando alguns temas que levantavam suspeitas e estava no caminho certo. Seu faro de jornalista não falhara. Passa as informações ao detetive Lambreta e este continuava a agir, vasculhando as pistas.

"O meu amigo detetive era metido a intelectual e volta e meia soltava umas frases de autores famosos. Muito posudo", expressava I.F.

— Como dizia Machado de Assis: "A mentira é muitas vezes tão involuntária como a respiração." — E completava: "quando se entra nela, vive-se dela, acredita-se nela, ela acaba virando verdade, principalmente quando a mentira envolve a ganância, porque a vantagem de hoje pode vir a ser a desilusão de amanhã."

#casadeshow

Finalmente chega a noite do show de Manolo Capelas. Toda a sociedade reunida. Muito luxo e pompa. O movimento é grande! Homens e mulheres desfilam em tapete vermelho, na entrada do *Imperial Show House*, exibindo charme e elegância. Fotógrafos e paparazzi emitem flashes, inebriando os olhares curiosos do povo fora das cordas de segurança. Ninguém percebe os homens de preto, e bem armados que cercam o local.

O maior destaque é a mesa de Arcanja e Chico, no gargarejo, ao lado das organizadoras.

— Corisco, você enlouqueceu? Dar a melhor mesa para a bicharada! Até a manicure está lá com eles, na mesa mais importante da casa! — comenta furiosa Blue, esticadérrima, já bem deformada de plástica, com sua expressão imutável de surpresa outorgada pelas inúmeras cirurgias.

— Olha a vestimenta da Arcanja. Parece um pavão! — colocando batom no selfie do celular.

— A Arcanja não está só parecendo, ela é um pavão. O pior é que cravejado de safiras, um Lagarfeld verdadeirérrimo. Olha só a suburba!

— Olha a Deuza, você viu? Com aquele tailleurzinho que eu dei pra ela. Está uma uva! Só que colocou uma flor enorme no cabelo!

— Não reclama de nada não, viu Bleu Blue, o importante é que o show está lotado. Não sei como a gente conseguiu isso! Com esse escândalo da imagem da santa! Pelo menos eles compraram muitos convites, e com certeza vão consumir horrores. Você não vai comer os salgadinhos? Eu hoje vou me fartar, fui para o SPA, passei fome, agora estou liberada — fala embalada pelas gordas bochechas.

— Ah, mas a gente se prejudicou nessa. Não vamos aparecer em foto nenhuma — retruca Blue, irritada, admirando-se vaidosamente.

— Blue, você quase não vendeu convite. As irmãs da Cida não colaboraram com nada. Está todo mundo envolvido com a santa e você ainda reclama? Deixa comigo! Você vai delirar na hora em que projetarem a imagem da santa em laser, bem em cima da nossa mesa. Vão pipocar mais flashes em cima de nós do que bombinha em festa de São João. Reforça logo seu batom, que é para já!

— Corisco, eu não acredito, você é mesmo vitaminada, poderosa!

Elas se juntam na mesa, Cida, Blue, Corisco e Beá. Fazem várias poses, caras e bocas enquanto os holofotes brilham em cima delas.

De longe Deuza e Arcanja observam a revelação dos rostos plastificados que se projetam na luz azulada dos holofotes. Assustador!

Arcanja não perde tempo e na hora certa comenta com Deuza:

— Parecem umas tartarugas. Por baixo a pele franzida e por cima o casco para esconder os corpinhos de passa seca.

Deuza não resiste e solta uma gargalhada. O quadro é realmente fantasmagórico.

Blue continua fazendo poses. Lopes Corisco a cutuca, sussurrando e avisando que já acabou a cena.

— Olha a projeção! Se concentra Blue.

As atenções agora são para a imagem virtual da santa.

O show começa. O pessoal do gargarejo é cacarejante. Deuza fica inquieta, pois pressente algo. Ela fica confusa, pois ouve rumores em sua cabeça e tenta ler os pensamentos de Cida, que não se encontra visível. Resolve ir ao toalete, passando pela plateia entre as mesas.

— Dona Arcanja, eu vou ao toalete.

— Eu vou com você. Estou apertada! Quando terminar o show, eu quero ir ao camarim para pedir o autógrafo de Manolo Capelas. Nós do gargarejo temos que ser as primeiras a cumprimentar Manolito.

No caminho, Deuza observa um movimento estranho.

— Pera aí, Dona Arcanja, para, para. Chii!!! Ouve, Ouve!

Ouvem a voz de Cida em tom de cochicho atrás do palco.

— O crucificado tem que ser ele! Só o fato de ser falso padre, já é suficiente para ser preso. Quanto ao resto ninguém sabe de nada.

— Quem terá denunciado? — questiona Ricardito.

— Toda armação acaba sendo descoberta! O pior é que o novelo sendo grande, puxando a ponta ele desenrola todo — Cida responde irritada.

As duas, espantadíssimas, ficam boquiabertas e Arcanja comenta:

— Que estranho! Quem diria! Então o Padre Dominguez é falso padre? Bem que eu achava esquisito aquele negócio de ele ficar passando a mão na gente!

No caminho para o banheiro elas se esbarram com a polícia levando o Padre Dominguez. Deuza fica angustiada, imaginando que aquilo já era obra do Senhor Fernandez, com seu parceiro detetive Lambreta.

— Padre falso!? Enganando as bacana!!! — grita Arcanja.

No palco, luzes psicodélicas do show. Chegam perto do fuzuê Corisco e Blue.

— Mas o que está acontecendo!!! Padre Dominguez, Dominguito! —Blue se colocando entre a polícia e o padre.

— Padre! Padre Dominguez, não, não!

Dois policiais estão segurando o padre e um deles grita.

— Ordem de prisão, madame! Não se envolva! Este homem não é e nem nunca foi Padre. Até que enfim o pegamos.

Coincide com o final do show e ocorre um grande tumulto. Elas não sabem se gritam pelo padre ou pelo astro. Pedem bis, mas pedem benção, oram e cantam. Um caos!

— Manolo! Capelito! Bis, Bis!

"Depois das revelações de Deuza, eu e o Detetive Gonzaga Lambreta continuamos investigando cuidadosamente, para não levantar suspeitas. Primeiramente, denunciamos à polícia o Padre Dominguez, que é capturado no show do cantor Leo Capelas. Posteriormente, recebemos a notícia de que o verdadeiro padre, depois de desfrutar de sua vida fora do clero, bate-lhe uma imensa culpa e resolve se entregar. Ambos preferem negociar uma delação premiada antes que cancelem ou tirem as vantagens que oferecem legalmente, já que este tipo de benefício ao réu está colocando políticos e bandidos no xadrez. Narra, então, à polícia, que foi sequestrado e obrigado a instruir o Dominguez para que ele pudesse exercer as funções básicas do ofício. Resolvida esta questão, focamos no desaparecimento de pessoas e no contrabando de cabelos humanos".

I.F.

#milagres

Ester Agar Stein da Fonseca não tinha ânimo para nada. O desaparecimento da filha Eva e a desesperada situação financeira em que a família havia afundado, encontrando-se na bancarrota, levaram-na a um grave estado de letargia e depressão. Seu único consolo era rezar. Depois do estímulo dado por Cida, ajudada por Deuza, manifestou desejo de frequentar o terço das terças, pois as orações seriam de grande alívio.

Deuza foi à sua casa. Encontrou uma mulher bonita e acabada pelo sofrimento. Suas unhas eram a prova disto; curtas e enferrujadas como sua alma. Solitária em seu sofrimento, desabafou com Deuza, relatando todo seu desespero e a falta de recursos para procurar a filha no exterior ou sabe lá onde.

— Como fomos tolos! Acreditamos que pelo menos ela se salvaria da nossa derrota! Minha única filha! Linda, preparada, porém ingênua, cercada de muitos cuidados, quando se soltou no mundo...

Com seu coração de manteiga, Deuza comentou sobre o jornalista e sugeriu que ela lhe contatasse. Despertou em Ester um fio de esperança e ela entrou em contato com Ismael Fernandes, que a recebeu com muito carinho. Ismael ouviu sua história e imediatamente a transmitiu ao detetive Lambreta. Este pediu que o amigo se aprofundasse no que havia acontecido e respondeu na voz de Sherlock Holmes:

— *"Os pequenos detalhes são sempre os mais importantes"*.

Aguardando o momento da chegada da santa e mais animada por ter conseguido agir, Ester foi saindo da depressão em que se encontrava. Resolveu se ocupar, remexendo nas caixas fechadas e guardadas no alto do armário. Encontrou álbuns de família, certidões de casamento de antepassados, documentos e fotos da inauguração da primeira joalheria da família, inúmeras fotos de Eva nas diversas fases da vida, entre outros. Chorou, riu, se emocionou, enfim, fez uma viagem no tempo. Alcançou com dificuldades uma das caixas mais velhas que se encontrava bem ao fundo. Estava lacrada.

Quando começou a abrir, o telefone tocou. Era o jornalista chamando-a para ser apresentada ao detetive Lambreta. Foi se arrumar e deixou as caixas para depois. Contou toda a história, bem detalhada, para ambos, e saiu tristonha, pois percebeu que teria que investir bastante dinheiro na busca, e ainda correria o risco da filha desaparecida ter morrido.

Entrou de novo em depressão. Deuza foi à sua casa para reanimá-la. Fez um chá forte, receita de Mãe Maria, que surgiu efeito, porque no dia seguinte ela, mais animada, voltou a mexer nas caixas.

Depois de uma certa dificuldade, conseguiu abrir a que estava lacrada, mas teve uma crise alérgica e de novo teve que parar. Manteve a caixa aberta para arejar dos centenários fungos.

No dia seguinte seria a recepção da chegada da santa; se recolheu para estar bem em sua primeira saída das trevas.

Naquela noite, Deuza, em sonho, esteve nos domínios de seu universo cigano. Era o sinal de que algo de muito ruim iria acontecer. Acordou, sobressaltada, e ajoelhou-se diante de seu pequeno oratório, pedindo misericórdia à santa Sara.

Arrumou-se rapidamente, pois tinha que estar presente na casa de Dona Cida, por ocasião da liberação da santa. Ela havia convocado todos, inclusive os empregados e colaboradores. Chegando lá, encontrou o circo armado. Em um canto, a santa coberta por um grande pano branco e Cida pronta para falar.

Aproximou-se de Alma e ficaram em um cantinho. Alma comenta que não gosta de imagens e muito menos de terços. O terço a assusta, pois é um elemento de religiosidade e ela sente uma vibração muito forte no objeto. Todas as terças ela fica muito inquieta. Ela pertence a uma seita cuja adoração é aos elementos da natureza e rejeita qualquer objeto de devoção.

Deuza comenta baixinho para Alma:

— Esta é uma santa muito enigmática, cheia de não me toques e mistérios.

Alma retruca agoniada:

— Ainda bem que, quando tirar este pano, não vai ter o tal do terço que foi roubado. Dizem que quem rouba o terço milagroso pode vir a falecer!

— Cruz credo! — comenta Deuza, se benzendo.

Cida inicia sua fala.

— Minhas queridas companheiras do Terço da Graça Divina e da fé. Hoje nossa corrente é dirigida ao nosso querido Padre Dominguez. Infelizmente, ele não é realmente padre como dizia ser. Ocupou este lugar na ausência do nosso reverendo, para não nos deixar desamparadas. Mas vê-se que é um homem digno e caridoso. Nos ajudou nas mais difíceis campanhas de fé e arrecadação de fundos para os carentes, todos os que necessitam de amor... de agrado...de retorno.... Agora é ele quem precisa de nós! Mas, não podemos ir contra a vontade do Senhor e às regras do clero, portanto, a única coisa que temos a fazer é orar. Oremos, pois...

Deuza estranha o tom de Cida, comenta baixinho para Alma:

—Alma, Dona Cida parece que está rezando uma missa! É sempre assim? Ela nunca me convidou antes, eu só fiquei desta vez porque ela insistiu muito.

— Ela hoje fez questão da presença de todos. Só mesmo o filho Seu Ricardo que não pôde comparecer. Não sai mais do quarto desde que o padre Dominguez foi preso.

Cida continua.

—Este é o momento de levantar o pano que cobre a santa, para que nossa corrente de fé tenha mais força.

Como em um ritual, cada uma das presentes segura em uma ponta do pano aguardando as ordens de Cida. Maria Beatriz, a beata, é a primeira a se colocar ao lado de Cida. A seu lado enfia-se Arcanja, em seguida Blue e espremendo todas para se encaixar, a Corisco. Cida dá o sinal. O pano branco voa como uma nuvem para cima, todas acompanham com o olhar e ao retornar observam o terço nas mãos em prece da santa. O espanto é geral! Brilhando muito, encontra-se o terço desaparecido.

A sala é tomada por gritos de entusiasmo, frenesi, histeria, devoção.

— MILAGRE, MILAGRE!!!!

Cida grita por Alma e pede que vá chamar o filho.

—Vai, Alma, vai chamar Ricardo Augusto. Quem sabe ele fica mais feliz! Desde os últimos acontecimentos, ele não sai do quarto.

Alma, tensa e aliviada de sair de perto do terço, retira-se.

— Dona Cida, Seu Ricardo Augusto não responde!

—Deve ter pegado no sono, chame Serafim e mande acordá-lo.

Serafim volta pálido e de olhos esbugalhados entrega a Cida um bilhete.

Cida o lê trêmula em voz baixa, ao terminar, solta um grito terrível e desmaia. A confusão é geral.

"Mãe, sou um fraco! Desculpe! Não tinha condições de continuar levando adiante os planos mirabolantes elaborados por papai. Eu havia roubado o terço, mas me arrependi. Agora com o Dominguez preso as coisas vão piorar. A culpa é toda minha! Eu estava afogado até o pescoço em dívidas *e me envolvi demais nas falcatruas. Pelo menos papai está desaparecido! Sou tão ladrão quanto, só que mais cauteloso e com menos poder. As provas que estavam em nosso depósito serão cuidadosamente escondidas. Você não fez nada! Fique tranquila! Te amo muito!"*

Ricardo Augusto, seu Ricardito.

Deuza e Alma acodem Cida.

Ester, apavorada com o tumulto, sai muito abalada e exausta. Nunca imaginou que sua primeira investida social fosse tão dramática. Volta para casa arrasada e fica se lembrando de Ricardito e Eva brincando juntos na infância e a esperança das famílias que se casassem.

No dia seguinte, lembra-se da caixa. Lá estava guardado, a sete chaves, o vestido de noiva de sua falecida avó. Lembra-se dela com carinho. Estava sempre bem arrumada, com simplicidade, o que lhe dava um ar jovial e alegre. Transmitia felicidade! Tinha ditos curiosos que aplicava no momento certo, como: "Você já arranjou seu perna de calça?", "Meio-dia, panela no fogo, barriga vazia", "Quando um não quer, dois não brigam" e "Será o Benedito ou o pai dele"?

Tirou a vestimenta cuidadosamente da caixa, com receio do tecido se desfazer, e se lembrou da história que sua mãe contava.

"A avó Agar era uma moça pobre e não tinha recursos nem para o vestido de noiva. O futuro esposo, um garimpeiro que enriqueceu, lhe disse que não se preocupasse que ele lhe daria o vestido e que seria o mais belo de todos já visto. Mas tinha uma condição: que ela o guardasse para sempre, nunca se desfizesse do vestido, porque seria uma obra prima. Ela aceitou a condição de bom grado e ele mandou bordar em sigilo. Quando o vestido ficou pronto, era realmente um deslumbramento. Colo, punhos e barra brilhavam como se fossem pedras verdadeiras. Mas não era só isso! Dentro da bainha também havia muitas pedras, por isso o vestido era tão pesado."

Ester examinou o vestido com cuidado e, apesar de o tecido já estar bastante puído e desgastado, o bordado apresentava-se intacto. Percebeu que o trabalho executado pelas bordadeiras tinha sido com pedras preciosas de verdade. Este segredo nunca tinha sido revelado, nem mesmo para sua avó. Coitada dela, nunca soube de nada, mas a fortuna veio à tona na hora certa e para a pessoa certa.

Ficou boquiaberta! Eram as pedras preciosas mais valiosas e de formatos inigualáveis que jamais tinha visto: água marinha; ametistas variando do roxo ao violeta; topázio-imperial; turmalina paraíba; citrino variando do amarelo ao laranja; rubelitas que variam do rosa ao vermelho vívido; esmeraldas, rubis; safiras; e diamantes coloridos como os vermelhos, verdes e outras tonalidades. Todas as pedras da maior qualidade e valor.

Seu avô Samuel Stein havia deixado encaixotado um tesouro. E ele sempre dizia que na hora certa...:

"Dos armários sairiam verdades escondidas nos tesouros de uma vida"

Ester, imediatamente, pensou em investir o tesouro na busca e captura de sua filha Eva e pediu ao Detetive Lambreta que não medisse esforços.

#velório

Serafim toma as rédeas da situação e comunica.

— Seu Ricardo está morto!!Seu Ricardo morreu! Por favor, saiam todos! Temos que tomar muitas providências.

As três amigas ficam na casa para qualquer eventualidade e Serafim começa a função. Pretendem fazer o velório de Ricardo Augusto com toda a pompa, incluindo marcha fúnebre na saída do caixão com destino ao mausoléu da família. Cida está arrasada. Encontra-se só naquela tramoia armada pelo marido com a conivência do filho, agora falecido.

— E agora? O que será de mim! — pensa alto Aparecida Matta Meirelles. E pensa em voz baixa! — Logo eu, de família tradicional e honesta, vou acabar na sarjeta! Como me deixei ser levada pela ambição, vaidade e poder?

Todos empertigados, manifestam pesar à Cida, que se encontra inconformada.

— Deuza, venha ficar comigo! Fique ao meu lado! Você cuidou tão bem dele.

Deuza encontra-se em estado de choque e não consegue se mexer.

Ângela Lopes Corisco observa as atitudes de Maria Beatriz, que se lamenta alto e não desgruda do Ricardito.

—Valha-me, Senhor! Nossa Mãe! Ai, Meu Deus! Santo Redentor! Não o tire de mim!

E não desgruda do cadáver.

— Não sabia desta ligação forte entre eles. Ela está exagerando! — diz Corisco.

Blue comenta com Corisco:

— Acho que ela não vai aguentar! Segurou este caso no sigilo tanto tempo e agora que o outro emudeceu, será que ela vai se denunciar? — sussurra Blue.

Ângela Lopes Corisco a olha assustada.

— O que você está falando? A beata Beá era caso de Ricardito? Não acredito! Por esta eu não esperava!

— Ué, ela sempre soltava esta frase, quando se olhava no espelho para retocar a maquiagem: "Um rapaz no seu auge faz muito bem à pele, aos cabelos e ao ego de quem está com ele!"

— Que ingênua, eu nunca associei, achava que era delírio da beata!

— Mas você é desligada mesmo, hein, Corisco? Só pensa em comida!

— Aliás, não vai ter uns comes e bebes neste velório? No interior é que é uma fartura! Mas me conta, Blue, como é essa história?

As duas se afastam um pouco e Blue começa a lembrá-la das fofocas relacionadas ao mimado Ricardito.

— Dizem as más línguas que Ricardito sempre teve atração por mulheres mais velhas. O primeiro casamento dele foi com Telma, que tinha vinte anos mais do que ele. Foi um escândalo na família. O filho único dos Matta Meirelles, diante de tantas escolhas, deu preferência a uma esposa já quarentona. Não tiveram filhos e se separaram 10 anos depois, pois ela não suportou mais as atitudes infantilizadas dele. Era um rapaz com muitas aptidões, mas totalmente perdido em suas decisões e escolhas. Depois disso, aparecia sempre com umas namoradas ou amantes, não sei, sempre mais velhas. Cida e Alex não conseguiam entender! Nós ainda não frequentávamos a casa. Só depois do falecimento de Alex que ela nos reuniu, pois fomos indicadas por nossa querida amiga Amarylis Bulhões.

— Ele se encantou com Beá! Veja você! Quem diria!

— A Cida sabia? — Corisco comenta, abismada.

— Eu acho que não! Beá proibiu ele de contar! Encontravam-se na casa dela. Seria um choque para Cida.

Beá surgiu na vida de Ricardito como um meteoro. Ele sempre a via no meio das amigas da mãe e seus olhos eram sugados por aquela mulher, que lhe atraía intensamente. Sempre a esperava ansioso e ela era figura presente em seus sonhos e fantasias noturnas. Seu ar recatado e pudico escondia um ser cheio de libido e sexualidade, e ele percebia. Por debaixo de suas roupas, deixava transparecer as lingeries sexy que usava. Quando começaram a se relacionar de verdade, ela explorava os fetiches e outras formas sedutoras de arrepiar o jovem rapaz. Seu gozo era transcendental. Ela vivia dizendo: — Quando ele me abraçou, seu corpo ficou impresso no meu e nossa paixão acelerou.

Neste momento, ocorre uma movimentação para fechar o caixão. O padre diz suas últimas orações para Ricardito. Todos oram.

Maria Beatriz dos Raios se joga aflita sobre Ricardito para beijá-lo com ardor e coloca o seu terço de estimação nas mãos do morto. Desajeitada e bastante tocada pela bebida, tropeça e se pendura nas alças do caixão que, com seu peso, emborca, derrubando Ricardito ao chão.

Espanto geral! Todos ficam horrorizados.

De dentro, e por baixo do morto, cai uma quantidade grande de pacotes embrulhados em papel floral, misturados à decoração de flores do caixão. Cida, desesperada, capta imediatamente que é o estoque de cabelos humanos contrabandeados e que estavam no depósito. Percebe que ele, levando consigo a prova do crime, não a deixaria incriminada.

Serafim observa a movimentação e rapidamente cata os pacotes que ele mesmo havia escondido no caixão do morto para proteger Dona Aparecida, conforme orientação do Seu Ricardo, antes de morrer.

A casa de Cida Matta Meirelles era, na verdade, o quartel general da máfia dos cabelos. E os encontros para orar eram um disfarce para acobertar os verdadeiros propósitos e também para diluir a culpa que Cida sentia em estar envolvida nesta sujeira. Ela, na verdade, só participava do translado dos cabelos e não imaginava o envolvimento com a captura de mulheres.

Cada vez que a santa chegava a um destino, junto a ela vinha contrabandeado um lote considerável de cabelo importado do oriente. Cabelos humanos proibidos para venda e que eram vendidos no mercado negro a preços exorbitantes, embora a receptação fosse quase imediata. Inventaram que a santa tinha a peculiaridade milagrosa de crescer os cabelos de tempos em tempos e, para isto, precisavam cortar quando estava muito comprido.

Serafim era o homem de confiança de Ricardito e sabia o destino certo dos cabelos. Era ele quem levava a mercadoria ao local indicado, que variava sempre para não criar suspeitas. Cumpriu as ordens do patrão, bastante abalado com sua morte, mas diante do ocorrido, ajudou a colocar o morto de novo em seu ataúde e guardou rapidamente os pacotes em uma bolsa junto com as flores amassadas.

Pensou rapidamente:

"O império ruiu! Não vou deixar que vão com ele esses pacotinhos preciosos. Faço chegar ao destino, fico com a grana e sumo."

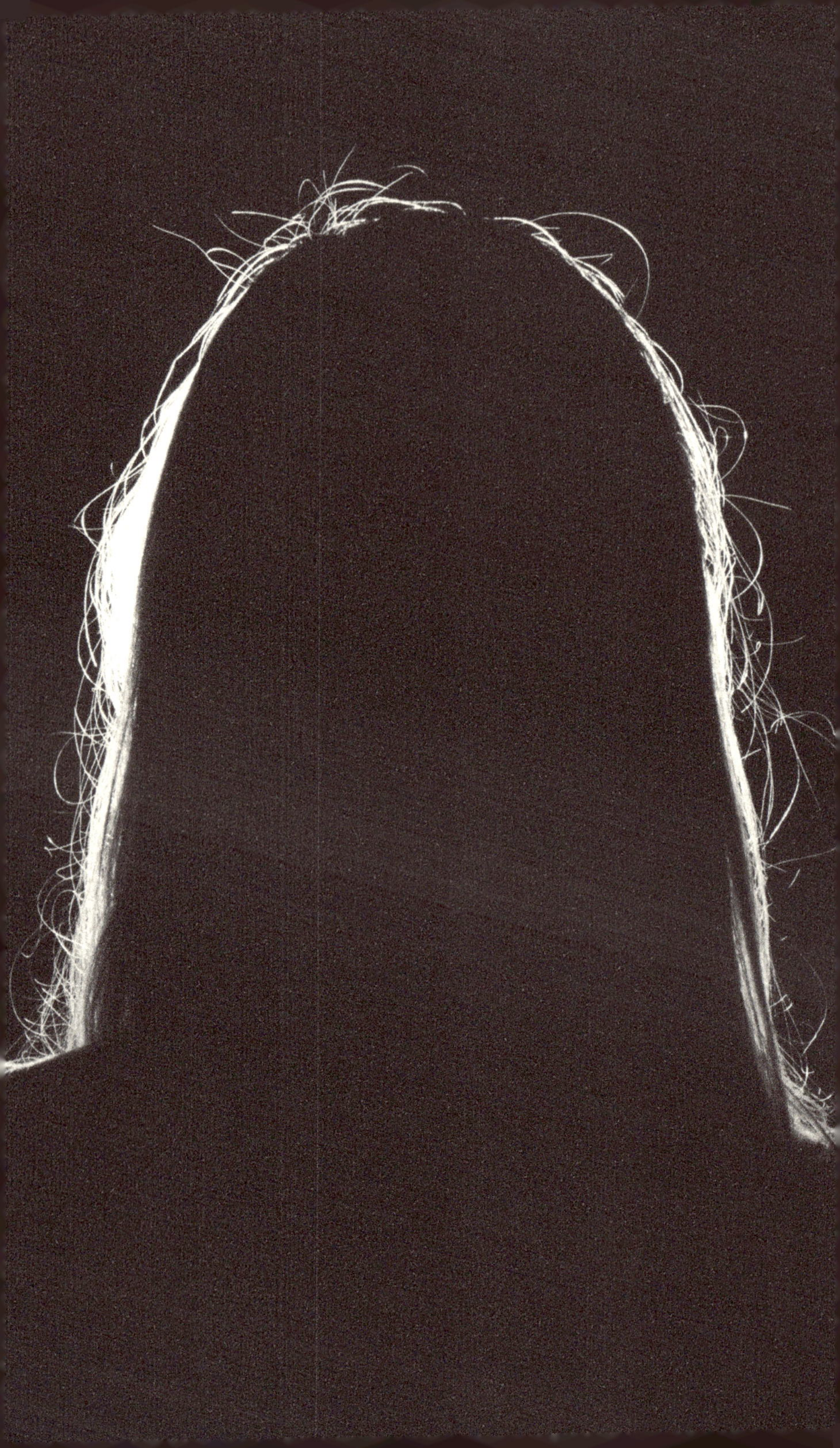

PARTE IV
TRAMAS E TRAMOIAS

#mortovivo

Alex Matta Meirelles, o morto vivo, é a ponta desse iceberg.

Homem de estatura mediana, vistoso e elegante, era também cliente de Deuza, que o atendia semanalmente em sua casa. Adorava a vida e era capaz de qualquer coisa para vivê-la intensamente. Enquanto fazia as unhas, contava histórias mirabolantes para Deuza, que ria de se acabar, pois eram sempre engraçadas e nutridas de piadas inteligentes. Às vezes, contava histórias de terror para amedrontá-la.

— Nossa, Dr. Alex! O senhor fica me assustando com histórias de terror e assassinato. Não gosto disso, não! Ainda bem que sempre tem humor. Como o da alma penada que não pode sair da cova para assombrar as pessoas porque prendeu o pé na ratoeira. Eu saio daqui, olhando para todos os lados, achando que tem alguém me seguindo.

— Deixa de besteira, Deuza! Você tem alma cigana! Mais fácil o fantasma ter medo de você.

Na verdade, ele a testava para ver se ela poderia ser sua cúmplice nos planos que vinha elaborando.

Depois que faliu, o empresário ficou um bom período imaginando uma forma de enriquecer novamente. Para tanto tinha que começar do zero.

Sonhava em mudar de vida. Sair da mediocridade em que se encontrava, da sua vidinha de homem "bem nascido", correto e religioso. Queria algo mais! Viver uma nova etapa de sua vida! Aventuras! Estava no início da terceira idade. Supunha que ainda tinha pela frente um bom tempo.

Suas pesquisas o levaram a um tipo de comércio que só se tornaria rentável se fosse contrabandeado, pois o pagamento dos impostos o tornava inviável. Este mercado ilegal atraía a atenção dos criminosos pois, cada 100 gramas de seu produto, ou seja, de cabelo humano, estava sendo vendido por um ótimo valor, tornando-se um grande negócio. Não só comercializavam os cabelos, que valiam mais que o peso do ouro, como também falsificavam os fios, misturando-os com 80% de produto sintético, além da montagem de apliques e perucas. O segmento de produtos feitos com fios artificiais, de fibra sintética e importados, também eram de grande aceitação no mercado varejista. As crinas e rabos dos equídeos como o cavalo, asno e a zebra, selecionados rigorosamente, passavam por processos químicos e eram transformados em perucas e vendidos como cabelo humano. A receptação era imediata, neste mercado ainda pouco visado e muito lucrativo.

O empresário tinha alguns contatos com o comércio internacional, devido às importações e exportações de produtos femininos, um de seus antigos ofícios. E já estava se envolvendo com importação e exportação ilegal, quando uma grande quantidade de sua mercadoria foi apreendida pela fiscalização. Um dos motivos da derrota de seus negócios.

Saiu de casa normalmente, para fazer uma pequena viagem. Despediu-se de Cida e de Ricardo Augusto e não abriu o jogo para ninguém. O único que sabia de suas intenções era seu sócio, que foi com ele. Escolheu uma pessoa perfeita para acompanhá-lo, ou melhor, ser testa de ferro em seus negócios escusos, Desidério da Silva, administrador da falida fazenda. Um homem simples, solteiro, sem ambição, que o admirava, respeitava e, sobretudo, era fiel.

Como Alex não tinha nada a perder, poderia arriscar–se, envolvendo-se com a máfia internacional. Juntou-se a ela e, ajudado por seus membros, forjou sua própria morte.

Em noite de lua cheia, enquanto Deuza fazia seus pães energéticos encomendados por Dona Cida, sentiu na massa uma vibração estranha. Dela surgiram pequenos seres que saltitavam e se desmanchavam, virando massa novamente. Eram unhas de várias tonalidades e tamanhos diversos. Olhos, bocas que se expressavam, querendo transmitir alguma coisa. Acostumada com estes delírios e interferências fantásticas em sua vida e sabendo que não teria como intervir, Deuza limitou-se a meditar e entregar-se ao porvir.

Bem longe dela geograficamente, Alex Matta Meirelles e Desidério pegavam o avião particular da falida empresa pela última vez. O parceiro, que era um trapalhão e cujo apelido era Desajeitado da Silva, só estava na empreitada para dar-lhe mais segurança. O preparo foi intenso: nadavam todos os dias no mar para terem fôlego e forças e arriscavam travessias mais arriscadas. Desajeitado da Silva era forte e tinha prática, apesar de estabanado. A fazenda em que trabalhou, durante tanto tempo, era próxima da região costeira e ele, todos os dias ao raiar do sol, exercitava-se no mar.

Combinaram com o piloto de deixá-los próximo da costa, a alguns quilômetros da fronteira. Protegidos por seus coletes salva-vidas de última geração, pularam no oceano, onde já estava à espera uma embarcação para resgatá-los. O piloto arremeteu e alçou voo novamente. O combinado era que ele abandonasse o avião, saltando de paraquedas. Com receio do piloto dar com a língua nos dentes e destruir seu plano de fuga, Alex colocou um explosivo para que o avião, depois de se afastar bem do local no qual pularam, explodisse.

Desajeitado da Silva entrou em pânico quando se viu preparado para pular, porque nadar era uma coisa, mas voar era outra. Alex discretamente o empurrou, porque não havia tempo a perder com choramingos ou lamúrias.

Não foi um resgate fácil, pois, subitamente começou a ventar forte, atrapalhando os planos. A ventania os jogou para longe da embarcação. O mar estava agitado e o perigo era eles serem jogados para perto dos penhascos. A poderosa lancha, por sua vez, também foi obrigada a se posicionar de forma mais segura, afastando-se do local previsto anteriormente. Os dois estavam acostumados a nadar no mar, pois tinham como *hobbie* fazer pequenas travessias. Quando conseguissem ser resgatados, o terceiro passo seria aproximarem-se da enseada e pularem ao mar, mas as ondas estavam muito fortes e, por isso, a embarcação não podia abeirar a praia, com perigo de virar ou encalhar. Ambos conheciam o movimento das ondas e da correnteza em torno da costa escolhida para o resgate, mas não contavam com a virada do tempo. Em suas observações, sabiam que a sétima onda (contando a partir da mais fraca) é a maior e a mais forte e nelas se jogariam para descer. Conseguiram, por fim, atingir a praia, como um milagre.

Arriaram na areia sem fôlego.

— Estou exausto de tanto lutar com as ondas!

O outro, em estado de quase morte, não respondeu.

— Ei! Está vivo?

— Sim, seu... seu merda! Só louco para ter esta ideia!

— Você que é um desajeitado da Silva e não calculou direito. Vamos levantar, já nos atrasamos muito. E me respeite!

Como foram desviados do local original, depararam-se com uma área desconhecida de pântano e penhascos. Perderam-se.

Seus cúmplices os aguardavam no lugar combinado, um galpão no meio da floresta, depósito de madeira ilegal. Já haviam perdido a esperança, achando que não haviam sobrevivido. Depois de uma espera maior que a prevista, estavam se preparando para irem embora quando chegaram os dois fugitivos em estado deplorável, depois de oito horas perambulando exaustos.

Em estado de profundo desespero, ouviram ao longe ruídos e vozes. Concluíram que deveriam estar próximos e que eles estavam se arrumando para partir. Começaram a berrar.

— Socorro, socorro, estamos aqui!

Foram suas últimas palavras antes de caírem desmaiados, derrotados pelo cansaço.

Acolhidos pelos comparsas e jogados desacordados dentro da pick-up, enfrentaram nova etapa da fuga. Chegaram à base já bem recompostos e receberam roupas e passaporte falso para seguirem o novo destino.

Mudaram de continente até chegarem à Ásia, onde seria o coração da máfia. Apesar das dificuldades enfrentadas, encontraram, por fim, a liberdade.

Ao se estabelecer, depois de desfrutar da companhia do sócio, Alex não tirava da cabeça uma forma de livrar-se dele. Arquitetou uma situação na qual Desajeitado da Silva foi pego pela polícia armado e com uma caixa de joias que estava levando para a namorada de um dos membros da máfia. Coincidentemente, ocorreu uma batida policial em um dos depósitos clandestinos de mercadoria desviada do grupo. Aproveitando a oportunidade, entregou-o à máfia, forjando uma traição inaceitável pela organização criminosa. Denunciou o companheiro de ter entrado em acordo com a polícia em troca de diminuição da pena. O Desajeitado da Silva foi assassinado na prisão antes de qualquer chance de defesa.

Desta forma, eliminou qualquer possibilidade de haver uma testemunha de sua sobrevivência. Devia aos contraventores a sua segunda chance de viver. Dedicou-se com empenho a esta nova atividade, construindo uma fortuna ilegal superior à anterior. Conhecia bem os meandros internacionais e logo tornou-se um membro importante do grupo, com privilégios de primeiro escalão. Era um homem inteligente, refinado, acostumado a uma vida de desfrutes, vinhos caros, carros e embarcações velozes e, sobretudo, experiente. Ficou anos foragido, associado a eles. Porém, não tinha a frieza de abandonar a mulher e o filho sem que desfrutassem de pelo menos algum privilégio. Mesmo sem a intensão de voltar para a antiga vida, criou um vínculo com seus familiares, gerando a história da santa itinerante. A santa do pau oco, que media dois metros de altura e um metro de diâmetro, passou a ser um dos caminhos utilizados pelos traficantes para distribuição da mercadoria. Funcionou bem, pois os pacotes eram a vácuo, sem ar, diminuindo o peso e ocupando menos espaço. Foi uma maneira de envolver seus comparsas no Brasil. Entraram em contato com o filho Ricardo Augusto e o amigo Dominguez, envolvendo-os, para que tivessem participação nos lucros e ajudassem Maria Aparecida com recursos para sua sobrevivência. Nunca deixou claro que estava vivo, mas de vez em quando, por meio de códigos, mecanismo este utilizado para se comunicar, dava deixas para que o filho percebesse que não havia morrido.

Alex era muito prevenido e tinha guardado alguns milhões em paraísos ficais, para serem utilizados com advogados e no sustento da família, caso fosse capturado. Envolvido com bandidos, cada vez mais se enfronhava no mundo do crime, no jogo que teria sempre que vencer e nunca perder. Sabia que, se fosse preso, não suportaria viver dentro de uma gaveta, respirando pelo buraco da fechadura. Seu fim seria trágico e acabaria em prisão perpétua, acusado de falsificação ideológica, assassinato, tráfico internacional, sequestro, inúmeras ações penais e outros movimentos escusos que seriam descobertos. Sua mente diabólica já havia planejado uma outra morte forjada. Sua terceira vida. Para tanto, vinha se preparando e fazendo modificações sutis em seu corpo, praticamente invisíveis. Cirurgias plásticas para rejuvenescimento, implantes capilares, depilação a laser em todo o corpo, transformando-se em outra pessoa. Uma experiência audaciosa a que teria que se submeter antes de morrer se realmente quisesse sobreviver.

"Dando continuidade às minhas pesquisas junto às investigações do Detetive Lambreta, ficamos surpresos com algo inusitado. Não imaginávamos a existência do comércio ilegal de cabelos e muito menos seu alto valor no mercado, a ponto de despertar no mundo do crime uma possibilidade de enriquecimento ilícito. Muito menos como adquiri-los, associado ao sequestro de mulheres. Descobrimos que não era só o grande contrabando de cabelos virgens com fins estéticos que tinha um alto valor no mercado internacional. Havia inúmeras outras finalidades para a utilização de cabelos, como: a venda de fios para alteração de testes de DNA nos processos de paternidade, como também, nos exames toxicológicos para identificação do uso de drogas ilícitas. Tudo estava interligado e a trama era muito mais profunda do que se imaginava. Tratava-se também do comércio de mulheres que se tornam escravas da prostituição, atingindo dimensões alarmantes no mundo, espalhando-se desde as Américas do sul, norte e central, oriente incluindo África, Ásia, e toda a Europa."

I.F.

#detetive

Impressionado com a história narrada por Deuza a respeito do desaparecimento de Eva Stein, moça linda, instruída e de boa família, e de seu contato com Ester Agar, mãe da vítima, o detetive José Gonzaga Lambreta, por meio das informações fornecidas pelo jornalista Ismael Fernandes, que por sua vez coletava das conversas inocentes com Deuza, conseguiu achar o fio da meada. O detetive transformou o caso no mais importante de sua vida, não só pela fidelidade e companheirismo que exercia com seu parceiro Ismael Fernandes, como também pela gravidade dos fatos, envolvendo um universo de barbaridades e falcatruas.

Ele tinha uma noção de que havia um tráfico de mulheres originárias de vários países, que eram ludibriadas ou levadas à força e aprisionadas em cárcere privado. Como não havia tido um caso que tivesse que destrinchar ou investigar, este terreno era relativamente novo para ele. Aos poucos foi descobrindo a engrenagem do esquema. As mulheres eram enganadas pelos cafetões que lhes prometiam moradia e trabalhos bem remunerados, de modelo, recepcionista ou atendente em empresas. Seduzidas por uma vida melhor da que levavam em seu país, aceitavam de bom grado, acreditando nas promessas ofertadas. Chegavam com um simples visto de turistas, às vezes com documentos falsos. Já no local, que nem sempre era o que foi combinado, eles tomavam-lhes os passaportes e as sequestravam, mantendo-as no cativeiro durante longo período. São jovens, na faixa de 21 a 40 anos que fomentavam o chamado tráfico de escravas brancas. Tornavam-se escravas sexuais obrigadas a atender um cliente a cada 40 minutos, como objetos. Uma escrava é vendida por uns bons mil dólares segundo o seu estado e documentação, rendendo a quem as explora mais uma grande quantia. Quando estão aliciadas, são colocadas em atividades. As que reagem são alimentadas com droga e maus tratos, tornando-se viciadas e desgastadas pela dor e sofrimento. São então abandonadas ou assassinadas.

As investigações do Detetive Lambreta tomaram rumo no âmbito internacional. Entrou em contato, através da polícia de outros países, com algumas das poucas vítimas que se safaram, e conseguiu colher alguns depoimentos. Algumas delas conseguiam ludibriar os carcereiros, fingindo estar em permanente estado de torpor das drogas que lhe davam, criando situações constrangedoras com os clientes e, assim, eram jogadas na rua no meio dos viciados em crack e de outras drogas pesadas, mas antes raspavam-lhes a cabeça para aproveitar todo o cabelo possível.

Uma das saídas que elas encontram é procurar a igreja para que as protejam e, em seguida, a polícia para serem deportadas. Muitas vezes, a polícia local não as ajuda, pois também recebe propina dos traficantes e as levam de volta aos bandidos, onde são surradas e maltratadas até a morte. Uma vez de volta à terra natal, algumas delas se dedicam à campanha de proteção e esclarecimento a jovens desavisadas que, porventura, poderiam cair na armadilha dos traficantes. Outras ficam traumatizadas e apavoradas e suas vidas entram em colapso.

O detetive imaginou que Eva Agar Stein da Fonseca poderia ter aumentado o percentual deste contrabando de mulheres. Quando viu sua foto, encantou-se com ela e prometeu, a si mesmo, que a resgataria. Para ele, quanto maior o desafio, maior empenho e satisfação.

O Padre Dominguez, depois de preso, também entrou em acordo de delação premiada com os investigadores com a finalidade de reduzir sua pena perante o juiz em seu julgamento. Denunciou as coordenadas para a descoberta do paradeiro de Alex Matta Meirelles no exterior. Informou que Alex tinha um codnome, Duque da Matta, e que se escondia por trás de uma empresa de produtos femininos com seu nome verdadeiro, antes de desaparecer, mas que com o de Duque possuía um império ilícito. Além disso, indicou as estradas vicinais e cabriteiras por onde escoavam as mulheres que capturavam na América do Sul; os galpões utilizados para o depósito dos cortes de madeira ilegal que eram alugados por traficantes de drogas e utilizados também como dormitório da rota de fuga. Uma das razões da penetração na mata incluía a compra de cabelos dos índios, que ambiciosamente vendiam sem saber da gravidade da negociação.

"Surpreendeu-nos ainda o interesse no tráfico de cabelos indígenas. Isto porque entre algumas tribos acredita-se que os cabelos longos aumentam a capacidade sensorial. São considerados um prolongamento do sistema nervoso. Permitem perceber melhor a presença de estranhos, assim como tornam mais robusta a capacidade para lutar. Durante a guerra do Vietnã, os nativos escolhidos para o alistamento ficaram perdidos quando lhes cortaram os cabelos no modelo do utilizado no exército americano. As pesquisas concluíram que este fenômeno tem por base nervos exteriorizados ou fios sensitivos, uma vez que o cabelo transmite informações ao cérebro e ao sistema límbico – unidade responsável pelas emoções."

I.F.

"Gangs estão se especializando em roubar cabelos humanos. O produto chama atenção pelo alto valor de mercado. Polícia investiga um roubo de fios de cabelos no valor de R$ 100 mil. Uma peruca, dependendo do tamanho do fio, pode custar até R$ 10 mil, atualmente. Os bandidos estão agindo nas lojas que vendem perucas, apliques e penteados. Só para se ter uma ideia, uma mecha pode ser vendida por mais de R$ 500."

Jornal O *Amanhecer*, sexta-feira 15 de outubro.

#ilusão

Eva, filha de Ester Agar Stein da Fonseca, ficou muito abalada com a falência da família e para não perder o padrão que tinha vivido até então, aceitou o convite de um empresário para fazer a vida de modelo no exterior. Embarcou feliz e inocente, convencida de que faria sucesso e que provavelmente ainda teria recursos para ajudar a família. Era realmente bonita, magra, dentro dos padrões internacionais de beleza. Chegou a Paris, como era o combinado, e já a esperava uma senhora distinta que a acompanhou até o hotel em que ficaria hospedada. Ao chegar ao hotel, instalou-se, jantou no quarto, ligou para a família e foi dormir.

— Eva, agora descanse! Amanhã você será apresentada a empresários. — Eva estava exausta e logo adormeceu. A senhora distinta aplicou-lhe levemente uma injeção, que a fez dormir 12 horas.

A partir daí, não se lembrava de mais nada. Encontrou-se em um lugar não identificado, com várias outras moças em desespero.

Tentando voltar à realidade, ouve uma voz grosseira soltando impropérios e junto uma mulher sem classe, arrogante e com uma maquiagem exagerada.

— Garota, você, com esta cara de bunda amassada, não vai servir. Não presta para nada! — Olha para Eva e diz: — Olha pra ela, gente! Isto sim é um presente de luxo!

Percebeu que havia caído em uma armadilha, atraída por uma vida de glória e luxúria. Por ter uma beleza rara e ser diferente das outras, por suas maneiras finas e elegantes, além de ter um belíssimo cabelo que crescia com muita facilidade, Eva passou a receber um tratamento diferenciado e foi selecionada pela alta cúpula da máfia para ser a favorita.

Mesmo assim, teve os documentos apreendidos, sendo mantida em cativeiro. Quando saía para cumprir os desejos de seus "clientes", era sempre escoltada. Por este controle era ínfimo e raríssimo o número de fugitivas.

Conheceu o sofrimento de várias moças que não tiveram a mesma sorte que a sua, de ser a escolhida. Apesar de uma situação distinta, tinha que se submeter ao jogo de seus sequestradores, sob pena de morrer ou entrar em decadência física e moral como as outras que não conseguiram disfarçar e se subjugar a eles. Cada vez mais se convencia de que teria que dar um jeito de fugir e conseguir provas para incriminá-los. Planejou submeter-se aos carcereiros para conhecer bem o esquema, porém, sua única meta era desmascará-los. Inteligente, começou a colher pistas dos lugares por onde passava. Os endereços dos apartamentos, hotéis, restaurantes além de impressos ou objetos que denunciassem a localização dos mesmos como caixas de fósforo, canetas, guardanapos e tudo que pudesse comprovar a veracidade dos fatos. Em determinadas situações ainda conseguia as impressões digitais dos bandidos gravadas nestes objetos. Guardava estas provas no fundo falso de sua maleta de maquiagem.

Ótima fisionomista e desenhista, Eva tinha facilidade para fazer retratos e se ocupava, nas horas vagas, em reproduzir a face dos carcereiros e clientes, o que seria mais uma prova para a identificação dos bandidos. Pelo menos, seu sacrifício teria uma causa nobre: passar as informações que havia adquirido e destruir esta poderosa máfia.

Entretanto, outra surpresa a esperava.

Em algumas ocasiões, dada a sua beleza e elegância, era utilizada como *crupiê* nas mesas de jogo dos cassinos. Em uma destas ocasiões, percebeu a presença de um homem que lhe pareceu familiar. Como tinha talento para desenho, reparava muito os traços das pessoas e identificou uma semelhança com alguém de sua infância.

Ele usava cabelos longos não muito escuros, ora em rabo, ora soltos e estava sempre rodeado de seguranças disfarçados. Apesar das modificações faciais a que havia se submetido, os traços originais são imutáveis. Eva percebia um ar mais jovial, que facilitou a sua desconfiança, pois a remetia à infância. Mas o que a intrigava era perceber traços mais femininos e o rosto mais arredondado, talvez pela aplicação de botox. Conseguiu identificá-lo depois de desenhá-lo inúmeras vezes com as recordações gravadas em sua memória. Ficou chocada, pois lembrava-se que este amigo de seu pai tinha sido dado por desaparecido. "Era ele Alex Matta Meirelles!" Sua vontade foi gritar seu nome verdadeiro e denunciá-lo. Mas como? Tentou se controlar, tendo certeza de que em algum momento conseguiria se livrar de tudo.

Dias depois, impuseram a Eva um sujeito de grande influência na gang, que naquela noite ultrapassou os limites do álcool. Foi uma das piores relações sexuais que ela foi obrigada a experienciar, com um homem nojento, melado, sujo e completamente embriagado, usando-a como um animal.

Na manhã seguinte o cara acordou muito mal, com muita dor de cabeça e com ressaca da bebedeira da noite anterior. Ao sair, deixou o aparelho celular cair na beira da cama em vez de colocá-lo no bolso. Eva imediatamente entrou em contato com a mãe Ester Agar e passou a informação de seu paradeiro, eliminando em seguida qualquer sinal que a denunciasse. Minutos depois, apareceu alguém à procura do celular e ela deixou que procurassem, pois havia enfiado debaixo da cama, para não levantar suspeitas de que o tinha utilizado.

Depois do telefonema furtivo de Eva, Ester, já em condições de ajudar, contratou o Detetive Lambreta. Com a fortuna em pedras preciosas descoberta por ela nos bordados do vestido de noiva de sua avó, pôde investir seriamente no resgate da filha. Seria um grande investimento, pois incluiria altos serviços de espionagem, mas para ela o importante era ter sua filha de volta, custasse o que custasse.

#estratégia

O Detetive viajou para a Ásia, sem tempo determinado para voltar. Havia desenvolvido um plano mirabolante e muito arriscado. Para executá-lo com sucesso, teria que ter extrema cautela e tempo para aplicá-lo com muita habilidade. Ajudado pela polícia, tornou-se espião internacional e se infiltrou na máfia, procurando frequentar os mesmos lugares que eles. A proposta era, além de encontrar Eva, penetrar no grupo, descobrir e libertar o maior número de mulheres capturadas.

Em conluio com a polícia, forjou uma busca para a captura de um bandido em um dos estabelecimentos frequentados pelos traficantes. A polícia começou a prender pessoas pertencentes ao grupo criminoso. O detetive Lambreta, homem bem apessoado, aparentando riqueza, interferiu apresentando-se como advogado e dizendo que quem eles procuravam não se encontrava naquele local. Indicou, então, um outro lugar suspeito onde provavelmente iriam encontrar quem e o que estavam buscando. Os policiais foram embora depois de muita intermediação de sua parte. O espião passou a ser considerado pela máfia um grande negociador. Sempre que havia algum conflito o chamavam. Ele conseguia driblar os policiais e protegê-los das abruptas invasões.

Sendo simpatizado pelo grupo, foi convidado a frequentar o hotel-cassino, tornando-se um jogador assíduo e empregando nas jogadas grandes fortunas. Vestia-se com roupas caras e tinha um tipo limpo e asseado, além de grande galanteador. Estava sempre cercado por mulheres bonitas e bem vestidas. O cassino ficava dentro do hotel, estratégia usada em vários locais do mundo para atrair mais facilmente os frequentadores. A decoração é, geralmente, em tons de vermelho para que o ambiente fique mais acolhedor. Não costuma ter janelas para que não se perceba se é dia ou noite e nem relógios para que o tempo possa paralisar e as apostas se multiplicarem. O cassino possui várias câmeras de zoom para reconhecimento das expressões do apostador, e técnicos em leitura labial, a fim de examinar as feições e mensagens que possam ser transmitidas na tentativa de trapacearem. O detetive analisou todas estas questões antes de entrar em ação.

Numa das noites de jogatina percebeu que o crupiê era Eva, que até então não havia visto. As feições da moça coincidiam com as descrições da mãe e fotos que havia memorizado antes de partir.

Ela era realmente uma mulher encantadora. Seus movimentos eram suaves e charmosos, seus lábios entreabertos revelavam uma sensualidade irresistível. Vestia um longo dourado com um decote extravagante e as costas nuas, lisas e muito brancas. O detetive, por um momento, quase se esqueceu de sua função, encantado com sua beleza.

Para que ela notasse sua presença, Ester lhe dera algumas dicas sobre pedras preciosas usadas pela família para despertar a atenção de Eva. Inteligente como era, saberia que era uma senha, pois desde que falou com a mãe ao telefone dando sua localização, esperava que a qualquer momento iriam procurá-la.

A roleta estava pronta para girar e iniciar o jogo. Ele, posicionado próximo a ela, comentou, como vinha fazendo com outros *crupiês* para não chamar a atenção. Já estava sendo conhecido por eles como o homem das pedras preciosas.

— Hoje vou no rubi estrela! — referia-se ao vermelho da roleta.

Eva, a princípio, não percebeu, mas algo chamou sua atenção. Era um homem bonito e charmoso que estava jogando uma quantia alta. Ganhou logo na primeira uma bolada.

Na segunda rodada, comentou:

— Vou no rubi Birmânia! — era um dos rubis mais vendidos na joalheria de sua família.

Ela mais uma vez olhou para ele, que a encarou. Na terceira rodada ele falou:

— Vou dar uma chance ao ônix! — e sorrindo falou: — de 15 quilates. — Significava que apostaria no preto 15.

Eva não teve mais dúvida. Era a senha. Ela tinha este anel de 15 quilates que sua avó lhe dera quando completou 18 anos. Ali estava a pessoa que planejaria seu regate. Ficou em estado de alerta, mas ao mesmo tempo, tomando todas as precauções para que nenhum sinal fosse detectado pelos *pits, floorman* ou *dealers,* os controladores dos jogos no cassino.

Para descobrir toda a engrenagem, o detetive Lambreta contava em sua equipe com um *cyber* pirata, ou seja, um *hacker* que é especializado em penetrar em qualquer universo da *deep web,* internet profunda onde se passam as barbaridades e as ações criminosas como: tráfico e compra de drogas e de armamento pesado, sequestros, assassinatos e depravação humana. O espaço não pode ser encontrado com buscadores comuns, por isso, a dificuldade de se chegar até ele. Para este fim, eles possuem o que se chama *botne*t, uma espécie de robôs que são inseridos nos computadores das vítimas e conseguem se espalhar e mandar informações para o hacker. Dada a sua competência e técnica em decifrar códigos e mensagens, aprendidos em sua formação de detetive, já tinha muitas pistas dos locais de encontro da máfia, nome de membros importantes, o cativeiro das mulheres sequestradas e as coordenadas do paradeiro de Alex Matta Meirelles, o Duque da Matta, sua morte forjada e seu envolvimento com aquela quadrilha.

Finalmente, em um dia especial no cassino, onde de vez em quando ia um dos chefões, nunca juntos para não correrem risco, Eva conseguiu sinalizar com os olhos, indicando a presença de Alex. O detetive estranhou, pois Alex não era a mesma pessoa das fotos que havia visto. Seu rosto estava transfigurado com traços mais femininos, usava uma barba longa e um bigode nitidamente falsos aos olhos aguçados de um investigador.

#captura

A captura de Eva Agar Stein da Fonseca foi uma operação de guerra muito bem planejada. Como o cassino funcionava noite e dia, as manhãs eram mais calmas. Na mudança de turno dos funcionários, seria o momento mais displicente para invadir a casa de jogo. O cassino estava mais vazio e dava para identificar melhor as pessoas. Eva ainda estava lá, pois esta era a hora em que os chefões apareciam para fazer suas fezinhas ou tomar o último drink da noite, comemorando o faturamento. Um esquadrão da polícia internacional armado até os dentes conseguiu penetrar sorrateiramente. Prendeu todos que ainda estavam lá e resgatou Eva, entregando-a ao Detetive Lambreta, que a levou imediatamente para local seguro. Paralelamente, outros agentes invadiram o hotel onde residiam as mulheres amontoadas e dominadas pelos sequestradores, resgatando-as. O grande esquema do sequestro de mulheres foi desfeito e vários membros da máfia presos.

Para os policiais não foi difícil distinguir os mafiosos de outros clientes do cassino. Eles têm uma postura e um estilo peculiar: ternos listrados, suspensórios (que fazem questão de manter, em vez de cinto), camisas em contraste com as gravatas, cabelos bem penteados e ainda muitos usam sapato de duas cores. Na rua, não dispensam chapéu tipo Panamá ou Fedora. Procuram manter esta aparência usada pelos gangsters mais famosos como Al Capone, Lucky Luciano e outros.

Alex, o Conde da Matta, como um passe de mágica, desapareceu. Supõe-se que por uma passagem secreta embaixo da mesa da roleta, descoberta posteriormente.

Muito bem informado, soube do evento da chegada da santa, da prisão dos padres e das delações premiadas aderidas por eles. Soube também da morte do filho e do grande desgosto de sua viúva de marido vivo que, sentindo-se acuada e para se eximir de qualquer possibilidade de a envolverem na trama, refugiou-se em um convento no interior de Goiás. Desta forma, o contato com a família desapareceria e, também sua eventual preocupação com eles.

Alex pôs em prática seu plano B, de viver mais uma vida. Depois da fuga do cassino pela passagem secreta, aprimorou seu processo de mudança de gênero, seu sonho antigo. Mudou de nome e identidade e conseguiu ludibriar a todos, fugindo para onde havia guardado sua fortuna. Tornou-se um *bon vivant,* usufruindo e festejando a terceira vida que havia conseguido planejar.

Maria Aparecida Matta Meirelles, diante da morte do filho e dos acontecimentos gerados pela delação premiada dos padres, antes de refugiar-se, pediu a Maria Beatriz dos Raios para ficar na casa para evitar invasão. Beá imediatamente acatou o pedido e se instalou no quarto de Ricardito, único cômodo da casa intacto. Ali sentia a presença do morto, seu cheiro, suas roupas intocáveis e entrava em profundos devaneios. Os outros ambientes foram se deteriorando com o abandono. As outras frequentadoras das reuniões das terças do Terço da Graça Divina se encolheram em sua insignificância e retomaram suas vidinhas, tentando sobreviver com suas parcas economias, sem as regalias que desfrutavam como amigas de Cida. Mas cada uma delas havia de encontrar uma solução: Ângela Lopes Trovão resolveu ir para o SPA que frequentava com assiduidade, mas não como cliente, e sim como atendente e responsável pelos desvios das gulas dos frequentadores. Quando fazia as apreensões, levava furtivamente para seu quarto e se fartava, depois vendia para os próprios clientes a preço de ouro. Do status de socialite transformou-se em quitandeira contrabandista. E de uma gorducha charmosa e gulosa acabou com obesidade mórbida, nada conivente com o lugar em que vivia. Tornou-se um exemplo negativo para os frequentadores.

#inesperado

Deuza Maria, a manicure observadora e tagarela por frequentar a alta sociedade decadente, mantinha informado com suas histórias mirabolantes e floreadas, o jornalista, alimentado e aprofundado pelas passagens e descobertas feitas pelo detetive José Gonzaga, vulgo Lambreta. O jornalista Ismael Fernandes estava em uma felicidade única. Há anos não se sentia tão bem. Deuza teve um papel fundamental em sua vida, não só preenchendo seus dias com sua presença, mas lhe presenteando com informações sobre um universo que nenhum dos dois fazia parte. Desta forma, adquiriu elementos suficientes para desenvolver sua estória, escrevendo o romance policial *As cutículas do poder*. O livro teve sucesso garantido e foi contemplado com o prêmio de melhor romance policial do ano, sendo traduzido em várias línguas, em face à originalidade do assunto abordado. Seus direitos foram vendidos para Hollywood. O jornalista, reconhecendo o valor de Deuza, presenteou–a com parte dos direitos autorais.

Decepcionada com a hipocrisia, a falsidade, falta de generosidade, sem mencionar as falcatruas que vivenciou e testemunhou, surpreendeu-se com o gesto de seu amigo e, seguindo seu conselho, canaliza suas energias para a vida pessoal.

Preocupa-se com a repercussão do livro e aproveita a oportunidade de seu filho Miguel, já formado em medicina, estar fazendo uma especialização nos Estados Unidos em capilaroscopia (estudo das cutículas das unhas das mãos para diagnosticar doenças autoimunes); com o nascimento das gêmeas Julia e Lara, fruto do casamento com a americana Sonia Mary, resolveu ir para lá fixando residência na Harding Avenue, em Miami.

Torna-se sócia da nora e juntas abrem salão multiuso, investindo em um empreendimento audacioso no exterior, onde desenvolvem métodos distintos de prolongamento e efeitos especiais das unhas, além de exportar modelos de última geração. Seu estabelecimento é concorrido por toda a sociedade local, principalmente por brasileiros e latinos residentes em Miami e adjacências.

Victoria Bleu Blue, que estava na bancarrota e tinha dupla nacionalidade, quando soube da riqueza de Deuza e de seu novo empreendimento, arquitetou de que forma poderia oferecer-se para juntar-se a ela. Procurou-a inúmeras vezes sem resultado, pois Deuza estava em plenos afazeres para a nova vida. Finalmente, conseguiu encontrá-la na véspera do embarque, quando voltava para casa depois do almoço de despedida com o jornalista Ismael Fernandes em um restaurante chique das redondezas. Abordou-a na porta.

— Deuza! Tenho tentado falar com você sem sucesso, por isto estou aqui te esperando. Antes de você partir gostaria de lhe fazer uma proposta.

— Imagina, Dona Victoria, a senhora é da alta sociedade e eu uma simples manicure.

—Vou confessar-lhe uma coisa. Eu já não sou da alta há muito tempo! Só estava mantendo as aparências. Ou você me emprega, em nome dos velhos tempos, ou vou pra rua!

— Não é possível! E esse charme todo?

— Charme não se aprende, ou você tem ou não tem. É só manter! Se eu virar *homeless*, pode acreditar! Coloco no abrigo minha melhor roupinha, guardada no melhor saco plástico de grife, no meu carrinho de rua todo customizado com selos das minhas viagens internacionais, e todo dia entro em uma loja de maquiagem diferente. Saio de lá bela! De dar inveja às minhas colegas do asfalto.

— Não é possível! A senhora está brincando comigo!

— Você vai precisar aprender muita coisa para se estabelecer no exterior. Antes de tudo, me chamar de Blue, nunca de senhora. Somos iguais! Aprender inglês, um pouco de francês, boas maneiras, charme, estilo. Posso ser sua "*coach*". Escolho os lugares que você deve aparecer e frequentar. Desta maneira, você oferecerá um atendimento diferenciado de primeira qualidade, sem perder seu jeito simples e sincero, mas com muita classe. Entende?

Deuza pensou bem e achou que seria interessante umas aulas de etiqueta, a fim de cumprir com mais traquejo seu novo status social e receber com elegância sua nova clientela.

Blue continua:

— Eu ainda tenho umas roupas de grife, vestidos, botas, sapatos, cashmere, enfim, coisa de valor que podemos negociar para minha passagem de avião. Tenho mesmo que retirar do apartamento que dividia com minha antiga empregada, porque não posso mais pagar. Cida faz muita falta, porque ela sempre repartia com a gente o que arrecadava com as caridades e eventos que ajudávamos a promover.

Deusa fica perplexa. E pensa: Meu Deus! Como a vida se baseia no inesperado! Nunca imaginei uma situação como esta. Acho que vale a pena aceitar a proposta de Blue porque tem bom gosto e pode realmente me ajudar, principalmente na montagem da pequena boutique praiana com cangas, biquínis e peças importadas do Brasil, que pretendo manter junto ao salão. As peças seriam enviadas por Arcanja Leão Cordeiro da Villa, que tinha facilidade e tempo para comprar em confecções, porém nada passaria sem o crivo de Victoria Bleu Blue, sob pena de devolução e prejuízo para Arcanja. De vez em quando, liberariam uma estampa exagerada para ela não ficar frustrada.

Deuza conseguiu um grande sucesso com seu investimento. Tudo estava indo muito bem!

A empresária já não atendia clientes, pois treinou pessoalmente um *staff* de primeira qualidade. Mas quando chegava alguma celebridade ou alguém pela primeira vez, ela fazia questão de atender. Um dia, recebeu em seu salão uma senhora idosa que apresentou-se como Alexia e que fazia questão de manter suas unhas impecáveis.

Deuza sentou-a na cadeira especial para clientes novos e celebridades. Era uma peça única, "carnavalizada" com pinturas minimalistas que havia comprado de um artista brasileiro, Fred Góes. Quando pegou suas mãos para iniciar o trabalho, percebeu que aquelas unhas lhe eram muito familiares. Olhou-as intrigada e notou que as conhecia, talvez de seu mundo cigano ou até de outras vidas. Leu-as e ficou paralisada. Nunca em toda a ancestral quiromancia e leitura das unhas se encontraria duas iguais, nem em gêmeos univitelinos, o que nem era o caso. Deuza, aterrorizada, pensou:

"Estas unhas são do falecido, ou melhor desaparecido, Dr. Alex Matta Meirelles. Eu tenho certeza! Cuidei muito delas durante anos. Teria eu perdido o dom de ler as unhas?"

Alexia a olhava com olhos penetrantes e quando a encarou, Deuza percebeu que, por trás daquela senhora atraente, encontrava-se seu ex-patrão desaparecido há anos. Seria possível que ele tivesse se transformado em mulher para nunca ser encontrado? Ele tinha uma estatura mediana, o que facilitava para sua nova persona. Estava inclusive mais jovem, mas de muito perto se observava as marcas das plásticas, afinamento do nariz e ainda uma pequena sombra de barba apesar da depilação a laser que se submeteu e da maquiagem pesada.

Deuza ficou chocada. Discretamente passou o cliente para sua melhor substituta para pintar as unhas e saiu correndo. Aflita, despediu-se, dizendo ter um compromisso. Por via das dúvidas, era melhor não correr o risco de ser reconhecida. Deixou o salão nas mãos de Blue, que, à essa altura, já era a gerente.

Ela havia descoberto mais um mistério, o destino do desaparecido Alex Matta Meirelles, o Duque da Matta, que agora se denominava Alexia Dumont. Imediatamente entrou em contato com Ismael Fernandez, que se dedicava ao sucesso de seu best-seller, e este contatou o detetive Lambreta para iniciar nova investigação.

Lambreta e seus recursos internautas desvendou o sequestro de mulheres, associado ao contrabando de cabelos ilegais e destruiu uma das maiores máfias de tráfico clandestino de seres humanos com variados fins, inclusive retirada ilegal e tráfico de órgãos humanos. Só faltou capturar o mafioso fugitivo Alex Matta Meirelles.

O detetive contava agora com uma investigadora especializada na coleta de provas, por ter demonstrado um imenso talento para esta profissão. Era ninguém menos que Eva Agar Stein da Fonseca, que conseguiu reerguer com a mãe Ester Agar seu império de joias e se tornar uma espiã internacional, incentivada pelo Detetive José Gonzaga Lambreta, atuando como sua parceira imprescindível. Suas aptidões como desenhista, apurando os traços da fisionomia das pessoas, além de uma inteligência rara para coletar provas, como demonstrou no seu sórdido cativeiro, abriram as portas para sua nova atividade,

Eva e o detetive Lambreta passaram a se dedicar a projetos voltados para campanhas de proteção e esclarecimento a jovens ingênuas ou desavisadas, para que não caíssem nas armadilhas das máfias. Iniciaram também um programa antifraudes que envolvia as irregularidades nos resultados de testes de DNA e toxicológicos.

Deuza, apavorada com a descoberta que havia constatado, e com dúvida se ele a reconhecera, aconselhada pelos investigadores, mudou-se com a família para a sucursal do *Heaven* Style em Newark, Nova Jersey, com discreta proteção policial. Mantém, de longe, controle e monitoramento em tempo real de seu império.

Aquele encontro no salão de Miami a deixou consternada. Foi obrigada a se mudar, sair de sua rotina, de sua vida de calma e prosperidade. Chegando em New Jersey, sentiu-se sufocada. Olhava pela janela do flat e em vez da brisa, do azul turquesa do mar, da luz ofuscante do verão de Miami, via o aglomerado de prédios, pela conturbação que sofrem os grandes centros. Sentiu na pele que o sucesso tem seu preço. Era uma mulher honesta, esforçada, trabalhadora e teria que vencer mais este susto do destino. Era resiliente e tiraria forças das suas entranhas.

Antes de partir chamou a gerente Bleu Blue para uma conversa séria. Explicou-lhe que ia ter que se ausentar de

Miami por uns tempos, e que deixaria Blue com toda a responsabilidade da matriz.

— Blue, nós duas acabamos ficando grandes amigas e eu vou precisar me ausentar por uns tempos. Assim sendo, gostaria que você assumisse a matriz, a qual tem gerenciado com muita competência.

— Deuza, você é realmente uma pessoa abençoada! Me deu uma grande chance e agora me oferece esta oportunidade divina!

— Mas preciso te perguntar algo muito importante!

— Sou toda ouvidos! — falou Blue com seu ar brincalhão!

— Quando você começou a frequentar o grupo seleto do Terço da Graça Divina, você foi indicada por uma pessoa muito próxima da família da dona Cida.

— Sim! Foi a Amarylis Bulhões!

— Pois então! A dona Cida estava em um momento muito delicado com o desaparecimento e morte do marido Alex Matta Meirelles e a Senhora Bulhões, antes de morrer, sugeriu que ela desse continuidade ao grupo do Terço da Graça Divina.

— Cida acatou a ideia e reuniu algumas pessoas, todas indicadas por Amarylis, inclusive eu!

— Pois então, nenhuma de vocês conheceu o marido de Dona Cida, o Doutor Alex, certo?

— É verdade! Quando começamos a frequentar a casa dela, o marido já não existia, apenas viviam naquela mansão ela e o Ricardito.

Com a confirmação de Victória Bleu Blue, Deuza ficou tranquila em saber que Blue não tinha tido contato com o desaparecido. Nunca imaginou o que poderia acontecer depois.

Victoria Blue sofisticou-se ainda mais com seu novo cargo e recebia todas as freguesas com muito entusiasmo. Para tornar o ambiente mais agradável e preencher os momentos de espera das clientes, ou mesmo o tempinho entre uma pintura e uma lavagem, abriu em um dos espaços arejados e floridos do *Heaven Style*, uma pequena sala de chá, próxima à lojinha Moda Beach. O público só crescia e, assim, elas poderiam ficar à vontade saboreando chás e biscoitinhos, cujo preço já estava embutido no valor geral.

Mas a sua cliente predileta era Alexia Dumont. Exímia contadora de estórias e de grande simpatia, cativava não só o *staff*, mas também as outras frequentadoras. Cada visita dela era um dia inteiro de diversão, pois utilizava todos os serviços oferecidos pelo salão.

Victoria Blue encantou-se por ela. Encontravam-se não só no *Heaven*, mas também fora de lá, badalando pelos lugares mais sofisticados e privados da cidade. Victoria estava feliz em recuperar seu status em companhia daquela amiga tão conhecida nos mais altos meios sociais e começou a sentir algo mais forte pela cliente. Como já havia se referido anteriormente, nas conversas da casa de Cida, não sentia mais nenhum arrebatamento pelos homens e seu interesse, ultimamente, estava mais voltado para as mulheres, cujas experiências anteriores tinham sido bem sucedidas.

Mal sabia ela que Alexia não tinha surgido ali por acaso. Aquilo fazia parte de um plano elaborado para tentar se apoderar dos negócios de Deuza, pois jurou a si mesma que se vingaria daquela manicure do interior que havia sido o pivô de toda a tragédia de sua família, contando os segredos e pormenores ao jornalista que contratou o detetive e juntos destruíram seu universo de contravenção e fortuna fácil.

A única coisa que não viera a público no livro do jornalista foi a verdadeira identidade do chefe da quadrilha e sua possível sobrevivência, pois Alex Matta Meirelles, aquele homem dado por morto há tantos anos, cujo corpo nunca apareceu, conseguiu se esconder novamente, após a emboscada policial do cassino. As suspeitas existiam: Deuza ouviu Ricardito e Cida conversando e havia o retrato falado de Eva Stein. Só não tinham a prova concreta de sua existência e nem o seu paradeiro. Deuza, porém, deu o sinal reconhecendo as unhas de Alex.

Sabia, no entanto, das fraquezas de Blue diante da possibilidade de emergir socialmente. Tomou as devidas precauções. Colocou sob a vigilância dos investigadores Alexia Dumont e Victoria Bleu Blue.

Na verdade, Victoria não imaginava a arapuca que Alexia estaria armando contra ela, tornando sua amizade cada dia mais forte, com a intenção de envolvê-la e, posteriormente, penetrar nos negócios de Deuza. O que a deslumbrava era o convívio privado com as celebridades e milionários amigos de Alexia, além da possibilidade de reconquista de seu status social.

O detetive, Eva e Deuza, que acompanhavam a movimentação das duas, preocuparam-se com o envolvimento e o fascínio de Victoria Blue por Alexia. Deuza comunicou-se com Blue e marcou um encontro de negócios com o senhor Gonzaga, no salão, depois do expediente.

— Permita-me apresentar-me. Eu e a senhora Deuza nos conhecemos há muitos anos. Vim procurá-la a pedido dela, que anda muito ocupada.

— Pois, não! Muito prazer!

Victoria ficou logo encantada com o jeito fino e educado do detetive. Quanto mais o tempo passava, mais ela observava as pessoas e pensava de que maneira poderia cativá-las.

— Temos um assunto muito sério a tratar e como a senhora é uma pessoa de total confiança da senhora Deuza, eu estou aqui para esclarecer-lhe uns pormenores da maior importância.

Victória ficou intrigada e, para disfarçar seu espanto, ofereceu um cafezinho, que ele aceitou de bom grado.

— De fato, Senhor José Gonzaga. Eu também a conheço de longa data e devo muito a Deuza, que me acolheu em um momento extremamente difícil de minha vida, incentivando tornar-me gerente deste estabelecimento.

— Pois bem! Vamos ao assunto que me trouxe aqui, mas como é muito delicado e acho que a senhora também não tem muito tempo a perder, enquanto tomamos nosso cafezinho, vou lhe contar uma anedota que me deixou muito curioso.

Blue estava cada vez mais intrigada.

O detetive usaria uma de suas táticas de linguagem corporal, na qual ele poderia observar todos os sinais faciais, gestos sutis, pequenos movimentos que traduziriam as reais intenções de Blue. Começou a contar uma série de episódios, que Blue achou completamente inverossímeis, mas o escutou calada. Sua cabeça dava voltas:

"Será que aquele homem garboso estaria gozando com a cara dela?"

Ele contou uma longa história, mas não entrou nos detalhes mais sórdidos, focando mais nas trapaças de um mafioso. Quando terminou perguntou a Blue:

— De tudo o que lhe contei, o que a senhora faria se conhecesse este mafioso? Um homem charmoso e atencioso com as mulheres, rico, poderoso, mas que para fugir da polícia internacional se transformou em mulher? A senhora se uniria a ele, transformando-se em homem para formar um casal de bandidos, tipo Bonnie & Clyde, às avessas, ou usaria um disfarce mantendo-se mulher? Ou, descobrindo a farsa, se fingiria de amiga, em conluio com um detetive, saindo sempre com ela e frequentando o *grand monde privé*, que todos sabemos que é fascinante, e na hora certa entregaria a "amiga"?

Blue parou para pensar. A princípio não percebeu por que aquele homem estava ali, a mando de Deuza, contando aquela história que lhe parecia sem pé nem cabeça. Apertou os lábios, demonstrando dúvida. Envolvida com o caso narrado, colocou-se no lugar que o detetive queria.

— É uma anedota curiosa, Senhor Gonzaga! Vou ser sincera com o senhor. Se eu fosse jovem e pobre, como fui um dia, eu lhe diria que talvez entrasse nesta aventura fascinante, pois não teria nada a perder durante um período, enquanto a farsa desse certo. Sempre fui ambiciosa e não nego. Mas, sinceramente, depois de uma certa idade e tendo vivido tudo o que vivi, inclusive passando por situações financeiras delicadas, eu lhe diria que não largaria o momento em que estou vivendo por dinheiro nenhum no mundo.

O detetive a olhava sutilmente, observando seus gestos e movimentos faciais com a precisão do especialista que era. Blue, por sua vez, o encarou intrigada.

— Atualmente, tenho um cargo oferecido por uma mulher que respeito e admiro, tenho tido a oportunidade de conhecer pessoas interessantes e não decepcionaria Deuza de maneira nenhuma. Onde o senhor pretende chegar? Por acaso desconfia de mim?

— Não é bem isto, senhora. Eu estava apenas especulando, sondando...

— Vamos então ao que interessa. Por que veio, afinal?

— Bem, preciso revelar-lhe algo muito sério e dizer-lhe que está correndo um grande perigo. A senhora Deuza me enviou para lhe alertar sobre uma determinada pessoa que frequenta muito o *Heaven Style*, daqui de Miami, com segundas intenções.

— Quem seria? Nossos clientes são todos de primeira linha. O *Heaven* é um lugar sofisticado e caro e os que aqui frequentam tem um alto padrão aquisitivo.

— Pois é aí que mora o perigo. Nem todas têm uma fonte de renda lícita.

— Mas o que nós temos a ver com isto?

— A senhora tem saído, depois do expediente, com uma das clientes que frequenta um mundo de celebridades e riqueza.

— Sim, é verdade! Qual o problema? A única pessoa com quem saio é a Alexia... o senhor está se referindo a Alexia Dumont, por acaso? Aquela mulher linda? Não pode ser!

— O fato é que ela não é ela, é ele.

— O que o senhor está dizendo? Que ela é ele?

— Surpresa, não é? Pois bem, ele se transformou em mulher para escapar da polícia. E sua aparência é perfeita, ninguém percebe, a não ser que o veja nu ou vá para a cama com ele/ela. Pois é, senhora Victoria. Ele é o cabeça de uma máfia internacional, que inclui tráfico de pessoas, de drogas, de mercadorias ilegais e muitas outras coisas.

— O que Deuza tem a ver com esta pessoa? Quem é ele, afinal?

— É o marido de Maria Cecília Motta Meirelles, que não morreu e continua atuando, pois é muito poderoso e protegido. Ele quer tirar tudo que Deuza conquistou porque a considera destruidora de seu império, depois que o livro "As cutículas do poder," do jornalista Ismael Fernandes, foi lançado, embora no livro ele não tenha mencionado o nome verdadeiro do chefe da máfia, pois não poderíamos revelar ainda sem provas concretas. Não sabíamos de seu paradeiro até Deuza desconfiar que era ele. A meu ver, ele está se arriscando, mas parece que entrou nesta vingança de corpo e alma.

— Como Deuza descobriu?

— Na primeira vez que ele foi ao *Heaven*. Ela o conheceu muito bem, pois desde sempre trabalhou na casa dos Motta Meirelles, antes de ser manicure da família, e há características imutáveis nas pessoas, mesmo mudando de sexo. Ela se apavorou! Não por ser trans, mas por medo dele a ter descoberto e, sabe lá, se vingar.

— Estou chocada! Então é por isso que ela frequenta tanto o *Heaven*, me bajula, me convidando para sair. Como gosto deste universo sofisticado, estava caindo na armadilha. Sempre me deixa em casa antes dela e nem sei onde mora.

— Precisamos saber se a senhora vai colaborar conosco para a captura deste bandido, ou prefere se eximir, deixar o *Heaven* e, sob custódia, voltar para o Brasil.

— Agora entendo sua presença aqui.

Lembrou-se do livro, das artimanhas usadas para descobrir onde estava Eva Stein, desmascarar a quadrilha, e prender os bandidos. Percebeu que era uma situação gravíssima, mas em consideração a sua chefe, aceitou colaborar.

Orientada pelo detetive, teria que seguir um plano: consultar a ficha dela no *Heaven* e verificar quem a indicou; verificar se o endereço fornecido no salão era o verdadeiro; não se arriscar nas investigações; usar toda a cautela possível;

continuar saindo com Alexia para que ela não desconfiasse; observar se usava algum segurança; comunicar quando ela a deixasse em casa para que algum dos nossos a seguisse.

— Enfim, aos poucos lhe orientaremos sobre nossas ações. Continue se comportando como antes. Não mude sua rotina. Sempre terá junto à senhora um policial disfarçado, garantindo sua segurança.

— Como vou saber quem está me protegendo?

— Nunca estarás sozinha. Deixa as fotos por nossa conta, porque já percebemos que ela não tira fotos em público, mas procure levá-la para mais perto de nosso investigador. Ele capturará sua imagem. Neste dia ele estará com uma gravata de bolas.

A captura da imagem seria a prova definitiva. Com os recursos tecnológicos atuais, a inteligência confirmaria definitivamente sua existência, e poderia ser condenado por falsa identidade.

— Mas este crime não basta. Os outros são muito piores e teremos que condená-lo por todos. Este homem já está na sua terceira vida.

— A próxima terá que ser na cadeia — comenta raivosa Victoria Blue.

Depois que se recolheu, Blue não conseguiu dormir com os sentimentos embaralhados. Afinal, já estava se apaixonando por Alexia e agora teria que reverter seus sentimentos, mas o coração costuma ser rebelde.

"Era muito sedutora, a danada! Como tinha conseguido enganá-la, ou melhor, como ela foi ingênua? A desgraçada tinha cometido crimes odientos e ainda queria se vingar de Deuza. Traíra, safada!"

Depois teve um acesso de riso! Chegou a admirá-la por ser tão inteligente, a fim de enganar a todos, de criar tantas estratégias, ter uma grande facilidade de se transformar, se esconder e de sumir.

"Será que se aliaria a ela? Seria uma aventura e tanto! Não, não, seria muito arriscado! Alexia é muito autocentrada e, em qualquer tribulação, a entregaria sem dó nem piedade. Além do mais, não poderia trair Deuza de jeito algum.

Na verdade, o que lhe pediram não era tão grave assim. Eles só a alertaram do perigo eminente. O sentimento de culpa seria mais ameno.

Forneceu os dados pedidos e os detetives entraram em ação. Alexia não mantinha residência fixa e o endereço que estava no cadastro do *Heaven* não existia. Morava em hotéis diferentes periodicamente para não ser encontrada. Em seu carro, mantinha guardada no porta malas uma bagagem discreta que resolvia seus problemas atuais de nômade.

Alexia sumiu por uns tempos do *Heaven Style* e no dia que apareceu, a polícia que estava na tocaia abordou-a, e finalmente foi presa.

Claro que, pela sua vontade, não queria passar a quarta chance de vida na cadeia e, assim, conseguiu um *habeas corpus* até o julgamento. Seu caso tinha ainda que passar pelo processo de deportação. Tentou fugir, algumas vezes, ajudada por seus cúmplices, criando estratégias mirabolantes, subornando a quem lhe fosse útil e depois se livrando da pessoa. Nada adiantou! Só aumentou a cota de crimes, subornos e tentativas de fuga. O detetive Lambreta estava focado nela e nunca a deixaria escapar de novo. Era uma questão de honra.

O veredicto foi de culpada e sua pena de 120 anos, por todos os crimes cometidos, investigados e descritos no decorrer de sua vida.

Sua prisão se tornou um certo problema porque ainda não se tinha firmado onde colocá-la, se no presídio masculino ou no feminino. Para isto ela teve que se submeter a uma série de exames para definir seu gênero pelas características físicas e decidirem, assim, onde seria enquadrada, se no presídio de segurança máxima feminino ou masculino. Segundo o Conselho Nacional de combate à discriminação, ainda em discussão, é proposto que os transexuais, ao serem presos, devem contar com espaços de vivência específicos, em presídio feminino ou masculino, quando for o caso, porém em celas e banho de sol separados.

No cárcere, porém, a tão driblada morte a encontrou em poucos meses, porque havia adquirido uma doença terminal. Passou os últimos dias no hospital penitenciário, largada às moscas.

Alexia Dumont não teve o que reclamar, porque ninguém consegue se livrar da morte tantas vezes, e ainda se dar bem em suas inúmeras maracutaias, durante tantos anos.

Deuza conseguiu encontrar paz novamente, e seguiu em frente com seus negócios ampliando e tornando-se uma empresária de grande sucesso.

Agradeço a amigos queridos que sempre me incentivaram e tiveram a paciência de ler meus originais: Fred Góes; Sonia Coutinho, minha incentivadora; Maria Elza, inspiradora destas histórias; Iara Sydenstriker, parceira em outros trabalhos, Marina Hermeto, amiga irmã; Rita Moutinho (in memoriam); Sheila Assumpção, minha revisora. A todas as outras pessoas que leram meus livros e que me deram retorno. Incluo ainda Eduardo Portella, Eduardo Coutinho, que, ao lerem meu primeiro romance me escreveram textos estimuladores, a Nízia Villaça, que escreveu o prefácio de meu primeiro romance *Ser Zen*.

Em especial, Heloisa Buarque de Hollanda, que me deu a honra de ser a apresentadora deste romance.

In memoriam a Vanda e Afrânio Coutinho, que me criaram no universo das letras.

Vermelho Marinho